「そなたは奴隷だ。自分でそう誓っただろう。私に逆らうことは許さない」

「奴隷……」

こんなにされても感じる身体にされている。

頭上で繋がれたままの拳を握りしめた。絶望で、胸が重く塞がれる。

Illustration／RYOU MIZUKANE

プラチナ文庫

中原の覇者、胡天の玲麒

橘 かおる

"Chuugen no Hasha, Koten no Reiki"
presented by Kaoru Tachibana

プランタン出版

イラスト／汞りょう

目次

※本作品の内容はすべてフィクションです。

華王朝《かおうちょう》、四代聖帝慶雅《けいが》の時代が訪れている。在位十五年。

華王朝は、聖帝が転生を繰り返すという思想のもと、王朝が継承される。すなわち、聖帝が亡くなった同時刻に産まれた嬰児《えいじ》の中から、聖帝の徴《しるし》を持っている子を生まれ変わりとして皇太子に擁立《ようりつ》し、成人となる十五歳に帝位に推戴《すいたい》する。

そうした神秘的な継承の仕方は王朝に、聖帝は人智《じんち》を超えた存在であるとの認識をもたらした。さらに、直接統治ではなく、王朝を取り巻く諸国、麟国《りんこく》、翠国《すいこく》、珊国《さんこく》、晶国《しょうこく》、琥国《こ》の王の内、他国を従えて覇《は》を唱えた者に皇帝宣下《せんげ》を行い、政権を委譲《いじょう》する形の政体であることもつつがなく王朝が継承されてきた要因となっている。

華王朝の各種制度はようやく成熟期を迎え、国内は安定し、庶人は平和を享受《きょうじゅ》していた。

しかしこの年、王朝に属さない地域に住む桔丹《キタイ》が、麟国内の白剛石《はくごうせき》を狙って攻め込んできた。一度は撃退したものの、その後膠着《こうちゃく》状態に陥《おちい》ったまま睨《にら》み合いが続いている。

長引かせては華王朝の権威《けんい》に関わると、聖帝自《みずか》ら督励《とくれい》に乗り出すことになった。

慶雅十五年、秋のことである。

「陛下、どうか御止《おとど》まりください」

大股でどんどん歩いていく慶雅の前に回り込むようにして、叡清《えいせい》が両腕を広げて立ちはだかった。知らせを受けて走ってきたのだろう。額に汗を浮かべ、肩で息をしている。

慶雅は軽く舌打ちして、おろおろしながら付き従ってきた侍官《じかん》たちを睨む。自分たちでは止め切れないと知らせを走らせたのは、彼らだ。皆、後ろめたそうに視線を逸らしている。

ここは、桔丹との国境に近い麟国の郡都安嶺《あんれい》である。慶雅は首都である臨陽《りんよう》からこの地に到着したばかりで、さっそく郡庁舎内に設《もう》けられた御座所《ござしょ》から出かけようとしていた。

ここまで来た目的を果たすためにも、まず邑内の雰囲気を知る必要がある。交代で休暇を過ごしている禁軍《きんぐん》兵士たちからも、生の声を聞きたい。

しかし必死な顔で立ち塞がっている叡清を見れば、この場から一歩も引かないだろうと察せられる。止めるのが慶雅のためだと思い込んでいるのだ。出かける理由を告げても、

「それは聖帝陛下のお仕事ではありません」

と一言の下に否定しそうだ。

さて、どうしたものか、と慶雅は考えた。

「一人はだめか」

まずは小手調べと、下手《したて》に窺《うかが》ってみる。

「当然です。邑内をお一人で歩かれるなど、とんでもないことです」

叡清が、勢い込んで頷《うなず》いた。

「では二人ならいいのか。少し離れて見守ると約束するなら、そなたの供を許すぞ」

「二人でもいけません。邑内は騒然としております。陛下が歩かれるような場所ではありません」

「では三人。衛士《えいし》の供も許そう」

「陛下。何人お連れになろうと、邑内を歩くのはおやめください」

「頑固だな。では四人。これが最後の譲歩だ。叡清、私がなんのためにここに来たのかを考えよ。兵たちの士気を高めるためではないか。邑に出ずして、いかにして彼らを慰撫《いぶ》し奮《ふる》い立たせるのだ」

「それは、そうですが……」

叡清が口籠《くちご》もる。正論で来られたら、答えようがない。慶雅もここぞとばかり追い詰める。

「そなたを含め四人までは供を許す。それでもだめと言うなら、もうよい。夜中にこっそり抜け出すことにしよう」

「陛下!」

やると言ったらやってしまう慶雅を、叡清も知っている。ここで折れなければ、慶雅は見張りの眸《め》を擦り抜けて一人で行ってしまうだろう。いよいよのときは命を賭けてでも諫《かん》言《げん》する覚悟で仕えている叡清だが、邑に下りるかどうかなどという些末事で命を捨てる気はない。

広げていた腕を下ろし、

「本当に四人の供をお許しくださるのですね」

念を押した。

「ああ、許す」

自分の意思が通ると知って、慶雅は機嫌よく頷いた。

「では衛士を呼びますので、お待ちください」

叡清が、おろおろしながら見守っていた侍官の一人を呼ぶ。

「ただちに手配を」

侍官は叡清の言葉を受けて、ほっとしたように衛士の詰め所へ走っていく。

その間に慶雅は叡清の脇を擦り抜け、さっさと大玄関に歩いていった。振り向いてそれを知った叡清は、慌《あわ》てて小走りに駆け寄る。

「陛下、どちらへ。まだ衛士の支度が。四人までは供をお許しくださるお約束です」

追い縋《すが》る叡清をちらりと見たが、慶雅は足を止めない。

「待つとは約束していない。衛士が間に合わないのは私のせいではない」

「またそのような揚げ足取りを……むぐっ」

言いかけた叡清の口は、いきなり伸びてきた慶雅の手で塞がれる。そのまま身動きできないように抱え込まれた。

「へ、陛下……」

と言ったつもりが、むぐぐぐとしか聞こえない。逃れようとじたばたするのを、慶雅は軽々と押さえつけている。

「おまえだけでもついてくるか。それとも一人で行こうか」

これ以上言うなら置いていくぞ、と脅されて、叡清はやむなく頷いた。ここは自分だけでも供をして各所に目印を残しておけば、衛士たちも追いついてくるだろうと考えたのだ。

「よろしい。最初から素直にそうしていればいいのだ」

慶雅は満足そうに叡清を放した。

「行くぞ」

大玄関に侍臣たちが勢揃《せいぞろ》いしている。聖帝の出御を見送りながら、彼らは心配そうな顔で縋るように叡清を見ていた。それに軽く頷きながら、叡清は早足で聖帝の傍らに寄り添って歩く。

自由闊達《じゆうかったつ》、あるいは自由奔放《じゆうほんぽう》。即位以来、三十歳になった今日《こんにち》まで、気が向けばひょいと市井《しせい》に下りていき、探し当てたときは妓楼《ぎろう》の側にある酒舗で、庶人《しょにん》と痛飲《つういん》していたなどという逸話《いつわ》には事欠かない慶雅である。

「尊《とうと》い御身《おんみ》で」

とこれまでもさんざん嘆かれたものだ。

業を煮やした宰相《さいしょう》が捜し出してきたのが、叡清だった。

聖帝に絶対の忠誠を誓い、聖帝の側に侍《はべ》ることを最高の幸福と感じ、聖帝のためなら命も投げ出せる、熱烈な忠士《ちゅうし》。宰相から「命を賭《と》して諫言せよ」と言われた言葉を忠実に守る、可愛い容姿に似合わず、固くて固くて固い男だ。

慶雅は彼の忠誠を嘉《よみ》しながらも、自分の行動の邪魔をする天敵だと思っている。

初代聖帝の面影があると言われる慶雅は、身長は六尺（百八十センチ）を超え、鍛《きた》えた体軀《たいく》は、武人と比べても遜色《そんしょく》ない。事実長槍を持たせたら並ぶ者はいないという使い手だ。

気軽に市井に下りていくのも、自分の身は自分で守れるという自信があるからで、それを邪魔されるのは迷惑千万でしかない。

出仕し始めた頃の叡清は美童《びどう》だった。小さな身体で、慶雅の役に立とうと一生懸命なものだから、ついついその言葉を受け入れてしまった。その力関係が今も続いていて、慶雅はなんとなく叡清に逆らえない。もちろん、だからこそ、様々な回避策を考える楽しみというものも出てくるのだが。

今でも叡清の造作はすっきりと整っていて、美男というより、どちらかといえば可愛らしい。しかも小柄なので、精悍《せいかん》な風貌《ふうぼう》の慶雅の側にいれば、恋童《れんどう》とよく勘違いされる。これでも二十歳はとうに超えているのだ。

一度慶雅が、

「顔はいいのに、惜しい」

と呟いたとき、叡清は、心外な、という顔でぴんと背筋を伸ばし、

「顔など、ただの皮一枚。その美醜《びしゅう》に一喜一憂するのは大人《たいじん》とは言えません」

などと言い立てて、そのまま男子たるものの心得を滔々《とうとう》と語られてしまった。

そういう男である。

以来二度と口にはしないが、どう考えても惜しいものよ、と慶雅は思い続けていた。

「少しでも笑えば愛らしいのに。もったいない」

と、今でも彼のいないところでは口をついて出る。もし叡清が聞けば、「一生、笑いません」と言い出しそうだが。

桔丹が狙った麟国の白剛石というのは、麟鉱石という鉱物のことである。丸く磨《みが》けば素晴らしい玉となり、鋭利《えいり》に磨き上げると白剛石という名の、無敵の武器になる。奪われれば戦闘に使われるのは必須《ひっし》だった。

桔丹の野望を挫《くじ》くために、皇帝は徴兵令を発し、禁軍を組織した。しかし一時は破竹《はちく》の勢いだった禁軍は、盛り返した桔丹に圧されて今は国境付近にまで下がってきている。すべては皇帝の指揮のまずさだと、密かに囁《ささや》かれていた。

当代の皇帝は、晶国国王がその任についている。戦って勝ち得たのではなく、各国間の調停により、交渉でその地位を得た。優秀な官僚群を抱え、平時は文句のつけようもない行政手腕を発揮していた。今でも、交代で兵を休ませ鋭気を整えさせるという発想は非凡なものがあるのだが、戦の指揮には些《いささ》か欠けるところがあるようだ。

禁軍大将軍位にある応盟《おうめい》からも密かに文が届いている。皇帝は応盟の助言をことごとく撥《は》ねつけ、無謀《むぼう》な作戦を命じているという。徴兵制度の中では、大将軍は皇帝に従うものとされている。助言することはできても、命令することはできないのだ。

華王朝としては、実態を調べ、皇帝への憤懣《ふんまん》が膨れ上がって収拾がつかなくなる前に、事態を打開する必要があった。その余波が聖帝に及ばないように、実は慶雅が安嶺に出向くことには、王朝の高官すべてが反対したのだ。

もちろん、おとなしく言いなりになる慶雅ではない。

「聖帝は私である」

と押し切った。今頃首都臨陽では、宰相ら留守居役の高官たちが、頭を抱えてため息をついていることだろう。

慶雅が、自分が指揮を執《と》れば一気に桔丹の首都まで攻め寄せて、遥《はる》か彼方《かなた》に蹴散らしてやれるのに、と思っても、聖帝は軍務に口を挟むことはできない。

それでも自分の民が無駄死にしているのだとすれば、このままにはしておけない。華王朝の制度では、正当な理由があれば皇帝を罷免《ひめん》することもできるのだ。

前線から一番近い都市である安嶺には、皇帝の指図で慰安施設が設けられ、兵たちは交代で非番を得てここにやってきていた。いっときの平安で疲労を癒《いや》し活気を蘇《よみがえ》らせて、戦線に復帰する。守るべき民を見ることで、戦闘意識を高める効果も期待されていた。

以前の安嶺は国境近くの鄙《ひな》びた邑だったが、そうした事情で今は活気のある邑に変貌《へんぼう》していた。

道の両側には様々な肆《みせ》が並んでいる。叡清を従えた慶雅は、物珍しげに肆を覗《のぞ》き込み、ときには肆の主人とも長々と話し込んでいた。おかげで衛士たちが間に合い、少し離れて警護の役につくことができたのだ。

気さくに話しかける慶雅を、誰も聖帝とは知らない。品のよい衣装を身につけているから、貴族の若当主くらいに思われているのだろう。

叡清が気を揉《も》んでいるのを知りながら、慶雅は当初の目的どおり、邑での軍の評判や兵士たちの噂話に耳を傾けていた。

あちらへふらふら、こちらへふらふらしていた慶雅が、ふと足を止める。

見せ物小屋の前だ。大きな天幕が張ってありその前で、男が口上を述《の》べている。六尺(百八十センチ)を遥かに超え、七尺(二百センチ)に迫ろうかという大男だ。身体にぴったりした衣装を着ているので、逞《たくま》しい体軀がはっきり見て取れる。

「丸太のような腕だな」

あまりの見事さに、慶雅が思わず感想を漏《も》らした。

男は口上を述べたあと、自分の身長より長い棒を自在に振り回して、客寄せをしていた。

「使える」

自らも長槍をよく使う慶雅の眸に、大男の身ごなしは全く隙のないものとして映った。まさに一騎当千。

うっかり見惚れて、意識が逸れていたのかもしれない。あるいは眸の端に捕らえていても、相手が小児《こども》だったから油断したのか。

慶雅の脇を俯《うつむ》きがちに擦り抜けようとした十二、三歳くらいの小児が、眸にも止まらぬ速さで手を動かし何かを投げようとした。

一瞬前にそれに気がつき、慶雅は身体を避けた。同時に、どこからともなく礫《つぶて》が飛んできて小児の手に当たった。

「あっ……」

小児は手にしていたものを取り落とし、顔を背けるようにして駆け去っていく。慶雅についていた衛士の一人が、慌てて追っていった。

残りの衛士と叡清は、慶雅の前後を挟むようにして警戒している。叡清は、小児の行動を予期できなかったことを悔やむ顔をしていた。

彼らに守られながら、慶雅は、礫の飛んできた方を見た。先程まで棒を振り回していた巨漢の脇に、すらりとした美貌の女が立っている。まだ若い。光を弾く豪奢《ごうしゃ》な金髪を高く結い上げ、煌《きら》びやかな簪《かんざし》で留めていた。蒼《あお》い瞳と朱を点じたような唇、白い肌。どうやら西域の出らしい。

慶雅を見て、淑《しと》やかに頭を下げる。簪の歩揺《ほよう》が涼やかな音を立てた。

「よろしければ、こちらに避難なさいませんか？　周囲に壁のある方が、警戒はしやすいですよ」

赤い唇を、にっと綻《ほころ》ばせながら誘いかける。女にしては低い声だった。

「そうだな。やっかいになるか」

慶雅が言ったとき、叡清も反対はしなかった。女の言う通り、吹きさらしの中にいるより、囲まれている方が守りやすいからだ。

天幕に向かって歩き出し、途中で小児が落としたものを拾おうとした叡清を、女が鋭い声で止めた。

「気をつけて。毒針かもしれません。直に触れたりなさいませんように」

何げなく手を伸ばした叡清はびくっと引っ込め、懐《ふところ》から懐紙《かいし》を出すと十分注意しながらそれを取り上げた。針といっても五寸（十五センチ）はある長いものだ。叡清はあとで調べさせるために、丁寧にくるんで懐にしまう。

見せ物用の広い土間をぐるりと回ると、奥の方に簡素な部屋が幾つか仕切ってあった。衣装を替えたり、出番待ち、または休憩用に使う部屋だという。

その中の一つに、慶雅たちは案内された。正面に大きな鏡があり、長机、長椅子が据えてあった。あとは塗りの剝《は》げた粗末な卓と椅子、榻《とう》（長椅子）がある。

「何もございませんが、どうぞ」

慶雅が椅子に座り、叡清が背後に立つ。衛士たちは、慶雅と同席するのは不敬だと思っているのだろう。部屋の外で周囲に警戒の眸を向けていた。

小児を追っていった衛士が、面目なさげに帰ってきた。すばしこくて、あっという間に逃げられたと報告する。

女が大男に顎《あご》をしゃくった。大男が頷いて出て行く。どうやらこちらが主で、大男の方は従らしい。大男はすぐ戻ってきて、慶雅と女の前に高坏《たかつき》の器を置いた。中に濃い紫をした飲み物が入っている。

「葡萄酒《ぶどうしゅ》でございます。お口汚しに」

そう言って女が勧《すす》めるが、好奇心に駆《か》られ手を伸ばした慶雅を、慌てて叡清が止めた。

「何が入っているかわかりません」

「何が入っていると言って……。何が入っているのだ？」

慶雅が率直に女に聞くと、女は袖を口に当てて笑い出した。

「毒は入っておりませんよ。見ず知らずの方を毒殺して、どうするんです。でもご心配でしょうから」

落ち着き払った女の声には、人を指図する威厳のようなものがあった。たとえ見せ物小屋でも、主を務めていればそれなりに人格が練《ね》れてくるのだろうか。

女は手を伸ばし、慶雅の前の器を取り上げると、こくりと一口飲んだ。懐から綺麗な手巾《しゅきん》を取り出して、口をつけたところを拭《ぬぐ》ってから、

「どうぞ」

と慶雅に差し出す。今度は叡清が止める前に器を受け取り、飲んでみた。叡清がはらはらした顔で、見守っている。

「甘いような酸《す》っぱいような、なんとも言えぬ味だな」

口の中で味わってから慶雅が正直な感想を言うと、女が、ほほほと笑った。美しい女が麗《うるわ》しい笑みを見せると、あたりが華《はな》やかに染まる。

「わたくしどもの住むところでは、水代わりに幼児もこれを常飲《じょういん》しております。皆、おいしいと言って飲みますよ」

慶雅は酸っぱいと言いつつも葡萄酒を口に運び、女と歓談を続けた。

どこから来たかと聞かれて、女は波斯《ペルシャ》と答えた。

「遥か遠く、砂漠の向こうにある国です」

砂漠の中に点々と散らばる都市を経由して、芸を披露《ひろう》しながら旅を続けてきたのだという。

女の話し方は、慶雅の耳に心地よく響いた。甲高くなく、低く落ち着いているのがまずいい。内容も様々な体験をしたことによるのか深みがあって、各地の情勢を語らせても正確で、先の見通しも確かだった。旅を続ける以上、情報に聡《さと》くなければ争乱に巻き込まれる。知恵も知識も、敏感になるよう磨き抜かれるのだろう。

この女に華王朝と桔丹の戦いの趨勢《すうせい》を聞いたら、なんと答えるだろう、とふと興味が湧いた。しかし生死を賭けて戦っている兵士たちを思えば、戯《ざ》れ言のねたにしてしまうのはあまりに非礼であると思い止まった。

「どんな見せ物をするのだ？」

興味の赴《おもむ》くままに尋ねると、女はくすりと笑った。

「間もなく始まります。ご覧になっていかれますか？」

「見たいし、興味もあるが」

うーん、と慶雅は傍らで袖を引く叡清を見た。もう帰りましょう、と懇願《こんがん》しているのを無下《むげ》にもできない。叡清にすれば、懐に納めた針を調べたくて堪《たま》らないのだろう。

「あまり長居はできないのだ。そうだ、いい考えがある。そなたら、郡庁舎で芸を披露してみぬか？　滞在中の、聖帝陛下の無聊《ぶりょう》をお慰めするのにちょうどいい。私も相伴《しょうばん》に預かれるしな。そなたがよければ……」

そのときになって慶雅は、まだ女の名前も聞いていなかったことに気がついた。

「私は慶《けい》という。そなたの名はなんという」

お忍びのときに使う名を告げると、女は軽く眸を見張り、美しく微笑んだ。

「わたくしは香瑠亜《カルア》と申します」

まろやかな深みのある声で答える。

「香瑠亜、いい名前だ。どうだ？　来ぬか？」

「わたくしどものような、つたない芸でよろしければ、ぜひ」

唖然《あぜん》として見上げる叡清の前で、慶雅は、よし、と手を叩いた。

叡清にすれば、思いもよらない事態だろう。得体の知れない芸人を、御座所近くまで引き入れるのを止められなかった、と唇を嚙んでいる。

それを横目で見ている慶雅は、今度もまた出し抜いた、とこっそり勝利の喜びを味わっていたのだ。

「郡庁舎の門衛《もんえい》には話を通しておく。準備ができ次第、訪ねてこい」

「有り難うございます」

天幕を出る慶雅たちを、女と大男が頭を下げながら見送っていた。

「香瑠亜、本当にいい名前だ」

周囲に衛士を従え、傍らに叡清を置いて歩きながら、慶雅は満足そうに呟いていた。叡清が、白い額に苦渋の色を覗かせ、眉間に皺《しわ》を浮かべているのを、

「悩むな。悩むと頭が禿《は》げるぞ」

と上機嫌でからかっている。


慶雅たちの姿が見えなくなると、女と大男は天幕の中に入っていった。土間では見せ物の支度が始まっている。その中にいた小児を、香瑠亜は呼び寄せた。髪の形も服装も違っているが、それは先刻慶雅を襲った小児に違いなかった。

「よくやった委葉《イーハ》。伝手《つて》ができたぞ」

慶雅に対していたときの柔らかな言い方ではなかった。命令を下すのに慣れたきびきびした調子で、声も太く先程よりはもっと低い。どうやら高めに声を作っていたようだ。

「はい、お役に立てて嬉しいです」

委葉と呼ばれた小児は、かしこまって深く頭を下げた。

「先程の男に顔を見られないように注意しろ」

一言だけ注意して、香瑠亜は委葉を下がらせた。

「ようやく、運が向いてきたようだ」

背後にいる大男に笑いながら言って、元の部屋に戻る。置いたままになっている葡萄酒の入った器を軽く弾いた。

「華王朝の高官とどうやって繋《つな》がりをつけようかと悩んでいたが、向こうから飛び込んでくるとは思わなかった。一存で旅芸人を呼べるとなると、かなり高い地位にいるようだな」

「まことに。涼鸞《りょうらん》様に天恵がついているとしか思えません」

大男は、傍らに傅《かしず》くように跪《ひざまず》き、女を涼鸞様と呼んだ。

「しかしあの男、文官にしては逞《たくま》しすぎるような……？」

首を傾げる主に、大男が告げた。

「当代の聖帝は武張ったことを好んでいると聞きます。周囲にもそうした者を集めたのでしょう」

「そうかもしれないな。羅緊《ラーキン》、今日の出し物が終わったら、さっそくにも店じまいして出向こうぞ。一日遅れればそれだけ、父上の苦難が増す」

「御意」

羅緊はかしこまって受けると、指図するために部屋を出て行った。知らせを聞いた一同から、わっと歓声が上がるのが聞こえた。故国からやってきた甲斐《かい》があったと、喜びに沸《わ》いている。

それを聞きながら涼鸞と呼ばれた香瑠亜は、「まだこれからなのだ」と呟き、残っていた葡萄酒を一息に飲み干した。纏《まと》わりつく袖を邪魔そうに振って、腕でぐいと口許を拭う。先程の淑やかな所作とはまるで違う、乱暴な動作だった。


香瑠亜たちがやってきたと聞いて、慶雅はいそいそと見に行った。郡庁舎の広い中庭に、天幕が張られつつある。その前に立って、大男があれこれ指図していた。慶雅に気がついて、挨拶《あいさつ》してくる。

「このたびはお呼びくださいまして、有り難うございました。準備が整い次第、見せ物をお目にかけます」

「ずいぶん簡単にできるものだな」

慶雅が感心して言う間にも、支柱が立てられしっかり地面に固定される。天井には梁《はり》が渡され、周囲は菱形《ひしがた》の細木を組み合わせて骨組みにしている。枠が出来上がると上から防水を施《ほどこ》した厚手の布を被《かぶ》せ、周囲を留めると小屋の外見が出来上がった。

内部の造作には、まだしばらくかかるようだ。

しばらく興味深そうに見物してから、慶雅は、

「香瑠亜は？」

と尋ねた。

「少し遅れます」

答えた大男が言うには、小屋を掛けていた場所を譲るための手続きがあるのだという。

「なるほど。人が集まれば秩序が必要になる。勝手に抜けて放りっぱなし、はできないな」

「ご明察の通りです」

準備を進めよと慶雅が言ったので、大男は一礼して指図に戻った。

「そうか、香瑠亜はいないのか」

ちょっとがっかりした。あれほどの美女は、宮廷の官女たちにもいない。しかも彼女た

ちは、無意識に媚《こ》びを含んでいるが、そういうところは香瑠亜にはなくあっさりしている。きびきびした身のこなしも、慶雅は気に入っていた。

「陛下。どうかこれ以上得体の知れぬ輩《やから》を、側にお寄せくださいますな」

こそっと叡清が諫止する。

慶雅が香瑠亜たちを招いてから、叡清はずっとそう言い続けている。阻止できなかったことを、痛恨の極みとでも思っているらしい。

慶雅自身は、香瑠亜たちに叛心《はんしん》はないと思っている。何より、殺気を感じない。確かに正体については些か訝《いぶか》しい点もあるが、取り立てて言い募るほどの不審ではない。

中で慌ただしい物音が聞こえるが、外から見ていても何も見えず、面白くなかったので、慶雅は自室に引き上げていった。

小屋の周囲で警備していた衛士に、大男が質問してきたと報告があった。

「あの方はどなただ。どれほどの権限をお持ちだ」

と聞かれ、あらかじめ言っておいたように、

「名前は慶で、聖帝の側近《そっきん》だ」

と伝えたという内容だ。

「それでいい」

慶雅は頷き、何か起こるかもしれない、と期待する顔になった。

何事もなく芸の披露で終わるならば、それでもいい。その場合は、もし自分の心に適《かな》う見事な芸だったら、もっといい場所に小屋掛けできるよう計らってやろうと思っていた。

準備ができたと知らせが来て、慶雅は立ち上がった。

中庭に足を運ぶと、香瑠亜が待ち受けていた。淑やかに一礼する。

いつもは天幕の中で行われる見せ物だが、今は、一方が大きく開かれ、その正面に御座所が設《しつら》えられていた。御簾《みす》の奥に聖帝の席が設けられている。

御座所から左右に人が流れるように座っている。聖帝に従って臨陽から訪れた高官たち、戦場からちょうどこの地を訪れていた軍の関係者たちだ。

要所要所には、衛士が立って警戒している。

香瑠亜は慶雅に、叡覧《えいらん》の栄誉を心から感謝する旨《むね》を述べる。それへ慶雅は鷹揚《おうよう》に頷いた。

「間もなく陛下がお出ましになる。準備はできているな」

「いつなりと始められます」

答える香瑠亜を見てから、ふと気がついたように尋ねた。

「そなたも何かするのか？」

「はい。舞いを一曲と、匕首《ひしゅ》での投げ技を少々」

「投げ技とはまた物騒な。そなたのような嫋々《じょうじょう》たる麗人に匕首は似合わぬな」

そう言うと、香瑠亜は困ったように微笑した。

「まずは、ご覧くださいませ」

香瑠亜が奥へ下がっていくと、ほどなく賑《にぎ》やかな異国風の音楽が鳴り始めた。二弦の楽器、五弦の楽器が聞き慣れない調《しら》べを奏《かな》で、小型の太鼓が調子を取るように入ってくる。澄んだ音色の笛もあった。

その音楽が続いている間に、正面の御簾の背後に人が着座する気配があった。座っているのは叡清である。身替わりにそこで聞けと慶雅に命じられ、しぶしぶ従っているのだ。

慶雅は御簾の前、見せ物がよく見える位置に座った。

客が全員着座して静かになると、音楽も次第に調子を変えていく。

今度は囃《はや》し立てるような中に、不気味な低音の太鼓が入る。

真っ先に出てきたのはあの大男だった。長い棒は、両端に色とりどりの端切《はぎ》れが取りつけられ、大男が振り回すたびに、華やかな色彩が一緒になって舞っていた。

眸にも止まらぬ速さで棒を扱う大男に、武人や、警護の衛士たちから、感嘆の声が漏れた。

大男がひとしきり技をこなすと、今度は小児たちが数人飛び出してきた。軽業《かるわざ》を披露し、中でもひときわ身軽な小児は、大男が伸ばした棒の先端に止まって見せた。それを支える大男の膂力《りょりょく》と、身軽にその上で飛び跳ねる小児に、拍手が起こった。

次に大男は長い鞭《むち》を取り出し、様々な技を披露した。遊牧民が鞭一本で家畜を操《あやつ》るという妙技はこれか、とまたもや歓声が沸く。

彼らのあとは、綺麗に着飾った女たちが現れる。舞いの手を優雅に閃《ひらめ》かせて、華やかな風を引き起こした。

その中に香瑠亜がいるのを慶雅は見つけた。それまではあまり意識しなかったが、女たちの中で香瑠亜はひときわ背が高い。まるで香瑠亜を盛り立てるように、女たちは舞っていた。香瑠亜の結い上げられていた髪の毛は下ろされて緩やかに背に波打ち、飾りとしてつけられている五色の紐が優雅に翻《ひるがえ》った。

賑やかに舞い終わると、女たちが引いていく。次は小動物を使う見せ物があり、そのあとに男だけの勇壮《ゆうそう》な舞いもあった。

賑やかなお囃子《はやし》が奏される中、次々と演目が進み、やがて最後に香瑠亜が舞台に立った。黒子《くろこ》の男たちが、舞台に扉のような板を一枚持ち込んでくる。そしてその前に、舞女の一人が立った。何をするのかと客たちが固唾《かたず》を呑んで見守るうち、香瑠亜が両手に数本の匕首を持って、女と対峙《たいじ》した。太鼓がどろどろと鳴り始める。

あっと思ったときは、すでにその手にあった匕首はことごとく放たれて、立っている女の形に、板の上に突き刺さっていた。

一瞬の沈黙のあと、喝采《かっさい》が起こる。

女は板から離れ、無事であることを強調して笑みを振りまくと、奥へ引き上げていった。香瑠亜は、先程大男が使ったのと同じような鞭を取り出した。しゅるっと伸びた鞭で、自分が投げた匕首を引き抜いて手元に手繰《たぐ》り寄せる。まるで手の延長のように自在に鞭が動いた。鮮やかな手つきですべてを収納し終えてから、礼をして舞台を下りていく。

ざわついていた客席がやがて静かになり、御簾の奥の人が退席した。もちろん聖帝は慶雅と皆知っているから、それで場が急に乱れたりはしない。隣同士で密やかに言葉を交わしているだけだ。

慶雅が立ち、衛士が目立たぬように付き添った。

自室へ引き上げると、叡清が待っていた。慶雅を見て、

「ご無事でほっとしました」

胸を撫で下ろしている。

「もうこれでご満足なさいましたでしょう。明日には一座をご放免《ほうめん》くださいませ」

「叡清、そなたはなぜそうせっかちなのだ。私は何度でもあの技を見たいぞ」

「香瑠亜の匕首投げだ。そのあとの鞭の使いようも見事だった。女ながら、相当の使い手と見た」

「は？　技とは？」

慶雅が言うと、叡清は顔色を変えた。

「あのとき、危うく飛び出すところでした。あんな危険な技を、陛下の前で行うとはなんたることか。手が滑《すべ》って、あるいはわざとあの女が陛下に匕首を投げたら、なんとなさるおつもりでしたか」

心から聖帝の身を案じて叡清が言っても、慶雅に言わせれば、

「叡清、おまえは心配性だな」

ということになる。

叡清は、がっくり項垂《うなだ》れた。

静まり返った夜半、しばらく聞こえていた虫の声がぴたりとやんだ。密やかに黒い影が忍び込んでくる。微《かす》かに漂う煙を吸った宿直の者たちは、こくりこくりと舟を漕《こ》ぎ出した。

催眠性《さいみんせい》の薬効のある煙のようだ。

足音も立てずに眠っている宿直の詰める部屋を抜け、怪しい影は慶雅の気配を窺った。規則正しく聞こえる寝息を確かめてから、そっと扉を開ける。するりと中に忍び込み、音を立てないよう細心の注意を払いながら扉を閉めた。これで宿直の者が目覚めても、すぐには異常に気がつかないだろう。

そうして振り向こうとしたときだった。しゅっと空気を切る音がして、侵入者は危うい
ところで床に転がって刃を避けた。

「ほう。なかなか機敏《きびん》だな」

揶揄《やゆ》するような言葉とともに続けざまに長槍が繰り出され、賊《ぞく》はそのたびに逃れたが、やがて追い詰められた。喉元に穂先を突きつけられて、身動きできないまま、呆然として長槍の持ち主を見上げた。

白い夜着を纏った慶雅だ。

覆面《ふくめん》に隠された中、賊の眸が驚愕《きょうがく》の光を浮かべて慶雅を見つめている。聖帝がそこまでの使い手だったことに驚いたのか、あるいは……。

その瞳の色にふと感じるものがあり、慶雅は手を伸ばして、覆面をむしり取った。ぱさりと金の髪が流れ落ち、夜目にも白い顔が現れる。思った通りだ。

「香瑠亜ではないか」

長槍を突きつけたまま、もっとはっきり見るために手燭《てしょく》を引き寄せる。慶雅はじろじろと相手を観察した。

美しい肌膚、輪郭はそのまま、瞳の色も蒼い。闇に紛れるように黒く、動きやすい服を身につけている。体型を見誤るべくもなかった。

「そなた、男だったのか」

最後に諦め切れないように、膨らみのない胸を再確認してから、慶雅は嘆息した。

「そちらこそ、まさか聖帝ご自身で邑を彷徨《うろつ》かれていたとは……」

完全に男の声だった。喉元に刃を突きつけられていても、怯える気配はない。胆力《たんりょく》のある男らしい。慶雅は長槍を引いた。相手に殺気のないことを見て取ったのだ。

とんと床に柄を突きながら、慶雅は尋ねていた。

「いったいそなたはどこの誰で、何が目的で忍び込んできたのだ」

刃が逸れたときから、相手は片膝をついて恭順《きょうじゅん》の態度を見せている。忍び込んできたとしても、こちらに害意を抱いてのことではなさそうだ。

慶雅は男とわかってもなお麗しい顔に、もう一度未練の表情を見せてから、寝台横の榻（長椅子）に腰を下ろした。

「目的を話すか。それとも衛士たちを呼び寄せようか。……待てよ。宿直の者たちは無事であろうな。なんの罪もない者を殺《あや》めているなら、交渉の余地はないぞ」

「ここまで来た事情はお話しするし、衛士たちの命にも別状はない」

言ってから、男は慶雅を見上げた。蒼い瞳は自尊に溢《あふ》れ、卑屈な色は微塵《みじん》もない。相手は聖帝だというのに、恐れげもなく視線を合わせている。

「俺は呈鶻《ティーグル》の王子で、涼鸞という……」

「年は？」

「は？」

話し始めの出鼻を挫かれ、涼鸞は戸惑って首を傾げた。

「年だ、年。何歳だ」

どうして年を聞かれるのかわからないという顔をしながらも、涼鸞は、

「二十五歳だ」

とおとなしく答えた。

「姉妹はいないのか」

さらに続く質問に答えはしたが、さすがに涼鸞も不審そうな顔になる。

「妹たちがいるが……」

「そなたのように美しいのか」

身体を乗り出して聞かれ、そこでようやく慶雅の意図《いと》を悟ったらしい。むっとした顔で慶雅を睨んだ。

「上の妹がようやく十歳だ。おかしなことを考えるな」

「十歳か。それは残念。ずいぶん年が離れているのだな」

「父王にはずっと男子ばかりで、なかなか女子が授からなかったのだ」

慶雅の意図を悟ってから、涼鸞の声は強張っている。

「もう、こちらの話に戻っていいか」

固い声のまま、慶雅に確認してくる。

「いいとも」

「さっきも言ったように俺は呈鶻から来た」

「そうか、呈鶻だったな。これはまたはるばる来たものだな」

ようやく国名を認識して、慶雅は嘆息した。

呈鶻はここから遥か彼方、西域に近い場所にある王国だ。砂漠を旅する遊牧民を多く抱え、東西交易の中心地として栄えている。華王朝と呈鶻の間には、桔丹の国土の一部が長く伸びるようにして隔《へだ》てとなっていた。そのため密な繋がりは持てないが、国王の代替わりには使者が往来する程度の親交はある。

「それで、呈鶻の王子が女装までして近づいて、私に何を望む」

「共通の敵、桔丹を退けるために盟約を交わしたい」

「盟約……。対等にということだな」

慶雅が確認すると、涼鸞は頷いた。

「もちろん。我が国は、長い歴史を持った独立国だ。どの国にも隷属《れいぞく》する謂《い》われはない」

「そなたが呈鶻の王子であるという証はあるのか」

言われると予想していたのだろう。涼鸞は服の隠しから、油紙に包まれたものを取り出した。それに嵌《は》めていた指輪を外して添え、差し出してきた。

油紙を解くと中から現れたのは羊皮紙《ようひし》だった。盟約の申し入れがしたためてあり、呈鶻王の署名があった。

署名の真偽は過去に交わした文書で確認できる。さすがに欺瞞《ぎまん》はないだろう。次にそれを置いて指輪を見た。呈鶻の紋章が彫り込まれた印章指輪だ。王族の徴である。これで涼鸞が紛れもなく呈鶻の王子で、盟約を結ぶためにやってきたことが証明された。

さて、どうするか。

慶雅は、長槍の柄でとんとんと地面を突きながらしばらく考えたあと、涼鸞の申し出を退《しりぞ》けた。

「我が方としては、受けるわけにはいかないな。呈鶻王にそう復命せよ。……話がそれだけなら」

手を振って退去するようにと促され、そのにべもない拒絶に涼鸞の蒼い瞳が呆然と慶雅を見上げた。

惜しい、とまたもや慶雅は思った。この顔が女でないとは。

確かに化粧を落とし、男物の装束を纏った今は、女には見えない。しかしその典雅《てんが》な美貌はどうだろうか。

慶雅は美しいものが好きだ。人も物も、香気を放つものに魅《み》せられる。叡清の小言を我慢できるのも、彼が鑑賞に耐える容姿を持ち、心気に香《かぐわ》しい忠誠を秘めているからだ。

香瑠亜の容姿も、慶雅の好みにぴったり合う。それ以上に心を惹かれるかどうかは、親しく付き合ってみないとわからない。だから側に呼び寄せたのに。それが、男……。

内心で落胆しながら、この容姿なら、男でも……、とふと心が迷った。もちろん、慌てて退けたが。そんなことをすれば、叡清がうるさく言ってくるだろうし、第一、王子として誇り高く育った涼鸞が、抱かれることを承諾するはずがない。

迂闊《うかつ》な望みは持たぬことだと苦笑しながら、慶雅は涼鸞に下がるよう合図したのだ。しかし背を向けて受け台に槍を戻していた慶雅に、涼鸞は諦めずに食い下がってきた。

「理由を聞きたい」

もちろん、はるばるここまで来るからには、それだけの事情があろうし、拒絶されて、はいそうですかと引き下がるわけにもいかないだろう。慶雅は、受けるわけにはいかない理由の一つを告げた。

「真《まこと》がない」

「真、がない？」

「そうだろう。そなたは私に近づくのに女の姿で偽《いつわ》った。好意で郡庁舎内に招き入れると、こうして我が枕元に忍び込んできて、自分は呈鶻の王子であり私に共闘せよと言う。このどこに、真がある。皆偽りではないか」

慶雅にも、自分と直に会うためには策略を使うしかないとわかっている。過保護な重臣たちが、自分を真綿にくるみ込むように大切に囲い込んでいるからだ。謁見《えっけん》の許可を得ようとしても、呈鶻の王子と聞けば、まず遠ざけられるだろう。

涼鸞が忍んでくるのはやむを得ないと知りつつ、慶雅も易々《やすやす》と受け入れるわけにはいかない。別の理由の中には、呈鶻と共闘しても華王朝にはあまり益《えき》がないこともある。互いに繋がりを密にしようとしても、王子がよくもここまでやってきたと感心するほど遠い国だ。承諾して、その連絡をする間に、桔丹との戦いは終結してしまう。

「真は、俺だ」

いきなり、涼鸞は懐から短刀を取り出し、鞘《さや》を払う。慶雅はぎょっとしてそれを見つめ、しまおうとしていた長槍を素早く握り直した。忍び込むのに邪魔だったのか、あるいは聖帝の元へ忍ぶということで遠慮したのか、涼鸞は剣を帯びていなかったので、油断した。

しかしぎらりと光った白刃は、慶雅に向けられることはなかった。そのまま自分の喉に押し当て、蒼い瞳に尋常ではない決意を秘めて、慶雅を見上げている。

「俺の命で真を贖《あがな》う」

「待て！　何をするつもりだ！」

慶雅は焦った。涼鸞の行動はそれほど意外だったのだ。

「通常の方法ではあなたに近づけないため、非常の手段を取った。それが欺瞞を連ねたものになるのはやむを得ない。真がないと詰《なじ》られてもその通りだ。だから、俺の命をもって真の証とする。これで、呈鶻との盟約を」

言うなりそのまま突き立てようとするから、慶雅は咄嗟《とっさ》に長槍の柄で涼鸞の腕を払った。短刀が、手から飛んでいく。

「何をする！」

「何をするとはこっちの台詞《せりふ》だ。命を粗末にするな」

「粗末にした覚えはない。真の証にするに、俺の命は十分な重さがあるはずだ」

呈鶻式の正座なのだろうか、一方の脚を敷き込み、もう一方を立てたまま真摯《しんし》な眸で慶雅を見ている。死ぬことへの怯懦《きょうだ》の色は全くない。短刀に手が届けば、すぐに自死しそうだ。

困ったのは慶雅だ。

「言い方がつたなかった。そのことは謝ろう。盟約の条件が、真が第一であることは違わないが、他にも理由はある。たとえそなたが命をもって真を証立てしても、使者が往復する間に戦いは終わってしまう。無駄に捨てることになる」

諭《さと》すように言うと、涼鸞は薄く笑った。

「この戦いは終わらない。長期戦になるだろう」

「何！　そなたは我が国が桔丹に劣《おと》るというのか！」

聞き捨てならないと、慶雅が詰め寄った。

「そうは言っていない」

「言っているのと同じだ」

「違う」

押し問答になって、慶雅は一歩引いた。涼鸞の言い分を考えてみる。そして一つの可能性に行き着いた。

「我が方の機密が漏れているのか」

そうとしか考えられない。涼鸞が頷いた。

「桔丹は細作《さいさく》をよく使う。我が国の場合は、父の愛妾《あいしょう》についていた侍官が暗躍《あんやく》していた。軍の機密がかなりの間漏れていたのだ」

「どうなった」

「俺が気がついて、処分した」

涼鸞の秀麗な口許が、酷薄《こくはく》な笑みを浮かべた。

「あなたの側近も、皇帝の側近も、もう一度よく調べた方がいい」

そう言って、涼鸞はもう一度慶雅を見上げた。

「死ぬことを許さないとすれば、どうやって証立てをすればいいのだ」

慶雅はうっと詰まってしまった。まさかそう来るとは思わなかった。叡清は頑固《がんこ》で頑固な男だが、呈鵲の王子はたいそう真面目な性分らしい。吐息が漏れた。

「まずは呈鵲の王子、立って、そこに座れ。対等に盟約を求めている者が、いつまでも膝を屈しているものではない」

ひとまず涼鸞に椅子を勧める。摑んでいた長槍を手の届くところに立てかけた。相手が何をするか、まだ予断を許さないからだ。

涼鸞が促しに応じて立ち上がった。身長は慶雅と比べればやや低いが、十分長身の部類に入る。細身ではあったが、均整が取れ、しなやかで優美な身体つきだ。見せ物のときの匕首投げの妙技を思い出せば、剣を持たせてもかなり使うであろうことが容易に想像できる。

好みだ。

慶雅は唸《うな》った。男とはっきりわかっていて、やはり欲しいと思う。気に入れば、男も女も関係ない自分の気持ちのありように苦笑が湧く。

命の代わりに身体を、と頭の中で考えかけて、餓狼《がろう》のごとき思考だと、自分でも嫌気が差した。死を賭して真を表そうとしている涼鸞に、あまりに節義がない。いくら魅力のある美体だったとしても。

慶雅は、涼鸞の誤解を解くところから始めた。

「我が国の政体は、皇帝に政権を委譲する形である。したがって、国事も外事も私に権限はない」

「しかし、皇帝の上には立っている」

「もちろんだ」

「だったら、あなたの意見を、皇帝も無視はできないだろう。俺の交渉相手は、やはりあなただ。……俺には駆け引きはできない。美辞麗句《びじれいく》で言葉を飾ることも不得手《ふえて》だ。見せられるのはこの心のみ。命を差し出すことが駄目となれば、どうやって、あなたを説得すればいい」

涼鸞の真っ直ぐな視線で見られると、拒絶が難しくなる。このような王子の育つ国ならば、盟約を交わしても、長期的には相互の利益になっていくかもしれない。

心が揺らぎ出し、慶雅はため息をつく。そうは思っても、簡単に受けられることではなかった。

「そなたが証立てのために死んだとして、交わした盟約を私が果たす保証はないのだぞ。そなたの遺骸《いがい》を片付けさせ、知らん顔をすることもできる。無駄死にではないか。悪いことは言わぬ。このまま不首尾《ふしゅび》であったと報告せよ」

言葉を尽くして諫《いさ》めていると、慶雅は、いったいこの王子をどうしたいのか、自分でもわからなくなってきた。手元に置きたいのか、解き放ちたいのか。

とにかく、死ぬの生きるのという穏やかでない話題だけは終わらせたい。

しかし、そんな相手への思いやりも、次の涼鸞の言葉で霧散《むさん》した。

「俺が無駄死にしないよう、人質を預かっている」

「人質？」

「寝所から出てきた、あなたの恋童だ」

そんな者はいない、と言いかけて、はっと気がついた。

「叡清か！」

「名前は知らない。常に身辺に侍っていた者だ。櫃《ひつ》に納めてすでに外へ運び出した……」

叡清が攫《さら》われたと知って、かっとなった。身体を乗り出して、まだ何か言っている涼鸞の襟首《えりくび》を掴み上げる。涼鸞の言葉が途切れた。首を掴んでいる慶雅の手首を引き剝がそうと足掻《あが》いている。

「どこへやった！」

怒鳴りつけた。目の前の男への怒りで眸が眩《くら》む。涼鸞がすぐに答えないので、慶雅は怒りのあまり、彼を乱暴に揺すぶった。

「ま、て……。くる…し……」

喉を絞められ苦しそうに声を出した涼鸞を、慶雅は忌々《いまいま》しそうに舌打ちしながら突き放した。反動で涼鸞が椅子に腰を落とす。涼鸞が咳《せ》き込むのを見ながら、叡清に何かあったら、どうしてくれようと、凶暴な思いが湧いてくる。仄《ほの》かに育ちつつあった好意よりも、慶雅にとっては叡清の存在の方が重い。

「言え！」

殺気立った顔を、涼鸞は首をさすりながら戸惑ったように見上げている。

「……それほど、あの恋童が大切なのか」

「当たり前だっ。叡清を返せ！」

慶雅が声を荒らげた。涼鸞は僅《わず》かに視線を逸らし悔《く》いるような顔をした。慶雅がこれほど激昂《げきこう》するとは考えなかったのだろう。

「そんなにいけないことだったか？　ただ、保証のために預かっただけなのだ。けっして傷つけてはいないし、手荒なこともしていない」

言い訳も、的を外している。

「そういう問題ではない。第一それでは、私が否と言ったら、叡清を放さないと言っているも同然ではないか。人質を取っておいて、脅《おど》しでないとは言わさないぞ」

涼鸞がぎょっとした顔になる。そういう取引もあると今知ったような顔つきだ。

いったいこの男は何を考えている、と慶雅は怒りの中に戸惑いを感じていた。人質を取るなら、それを盾に要求を突きつけるのが常套《じょうとう》手段ではないか。その要求が、自分が死んだとき慶雅が約束を履行するのを保証させるため、とは。叡清の命が惜しければ盟約を交わせ、と脅された方がいっそわかりやすい。

理解できない涼鸞の言動に、怒りの矛先《ほこさき》が鈍りかけたときだった。

「恋童を返して欲しければ、盟約を交わしてくれ」

慶雅はかっと目を見開いた。鈍りかけた怒りが、一気に燃え上がる。この男は馬鹿だと内心で吐き捨てる。

「絶対に受けない。脅して交わす盟約に、意味などない」

慶雅は冷ややかに言い捨てた。

「どうしてそんなに怒るのだ。人質を脅しに使うと教えてくれたのはあなたではないか」

涼鸞は困惑したように呟いた。こちらを責めるような顔で見ている。いい加減にしろと、慶雅は怒鳴りつけた。

「教えてない！　さっさと叡清を返せ」

「……あなたが何を考えているのか、さっぱりわからない」

涼鸞は途方に暮れた顔で慶雅を見上げていた。

わからないのはこっちだ、と慶雅も涼鸞を睨みつける。こんな場面だというのに、育ってきた文化の違いを、ひしひしと意識した。

「わからなくはないだろう。私は叡清を返せと言っているだけだ」

「返せば、あなたは話を終わらせて俺たちを追放するのだろう？」

「当然だ。叡清と引き換えに、この国を無事に出してやることだけは約束する」

慶雅は腕組みをして、交渉の余地はないとそっぽを向く。

「それでは困る。盟約を交わすまで、俺はここを離れるわけにはいかない」

慶雅は涼鸞を睨み、涼鸞は一歩も引かない態度で受ける。平行線だ。

息詰まるような沈黙の時間が過ぎ、慶雅は唇を歪《ゆが》めた。

「さて、手詰まりだな。私は譲らない。そなたも譲らない。このまま朝まで睨み合いを続けるか？　朝になれば近侍《きんじ》の者がやってきて、眠っている宿直の者を発見するだろう。大騒ぎになるな」

「……それは、困る」

「では、交渉に応じないことを理由に叡清を殺すか？　殺せばそなたの仲間を草の根を分けても捜し出し、断罪する。もちろん、真っ先にそなたからだ」

ふつふつと滾《たぎ》る怒りを込め、涼鸞に迫る。

「とんでもない。なぜ、なんの罪もないあなたの恋童を殺さなければならないのだ。俺はそんな卑怯者ではない。だが、今のままでは返すこともできない。俺は使命を果たさずに帰国するわけにはいかないのだ。……華王朝聖帝陛下に訴えたい。この命ならば、好きにしてもらってかまわないから、怒りを収め、交渉の場についてもらいたい」

座っていた椅子から立ち上がると、涼鸞は再び膝を屈し頭を下げる。

慶雅はぎりぎりと歯噛みをした。こうして頭を下げていても、涼鸞はまだ、叡清を返すとは言わない。

「叡清を返すのが先だ」

「それは……、できない。返せば、すべてが終わってしまう」

涼鸞は必死な面持ちで言い募った。

「その代わり、なんでもする。俺を獄に繋いで拷問《ごうもん》するもよし、下僕《げぼく》として使うもよし。けっして否やは言わぬ。あるいは、俺の命でも」

「なんでも？　そのようなこと、簡単に口にするものではない。死ぬより辛い辱《はずかし》めもあるのだぞ」

叡清を返さないでおいて、勝手なことを言う、と慶雅は苦々しく吐き捨てた。

「なんでも、といったら、なんでもだ。二言はない」

「では聞く。そなたを奴隷として扱い、鎖に繋いで恋童の代わりを務めてもらうと言ったら？　男の身で、私に抱かれることができるか。一国の王子が」

冷めやらぬ怒りが慶雅に、涼鸞を貶《おとし》める言葉を口にさせた。一度は劣情を抱いた自分を恥じて消した。しかし、人質を取る相手に、なんの遠慮がいろうか。

「奴隷……？　俺を、抱くと言うのか……？」

さすがに涼鸞は呆然としている。慶雅は無言で返事を待った。できない、と涼鸞が答えるのを。できるわけがない。できないと認めた時点で思い切り詰ってやる。怒りがじりじりと身を焼いていた。

「わかった。いいだろう」

しかし、涼鸞は頷いた。驚いたのは慶雅の方である。正気かと涼鸞を見下ろした。涼鸞は平然と視線を返してくる。

きっと、そこまではしないと高を括《くく》っているのだ。ならば本気だということをわからせてやる。

身の内を焼く怒りが、慶雅を駆り立てていた。涼鸞が叡清を返し素直に頭を下げていれば、別の展開もあったものを。

互いの間にある不信が、双方を引き下がれなくしていた。

慶雅は立ち上がると長槍を手にした。涼鸞の鼻先に突きつける。

「立て」

刃先で促した。やめてくれと言うまで、続けてやる。

涼鸞は、眼前に白刃を擬《ぎ》されても怯える様子は見せなかった。もともと死を覚悟しているのだから、当然かもしれない。慶雅が促すまま立ち上がる。

慶雅はゆっくりと穂先を下ろしていく。鋭利な穂先は、喉から胸へと動き、肌に触れずに衣服だけを切り裂いていく。涼鸞が、すっと切れた上衣に眸を瞠《みは》っていた。帯まで断ち切られると、はらりと前が開き、胸が露《あらわ》になる。

無意識に掻き合わせようと手が動いたのを、

「動くな」

と鋭い声で止める。

「そなたは奴隷になることを承知した。私にどう扱われようと、従うしかない」

言い放つと、涼鸞はようやく自分の立場を自覚したのか、ごくりと喉を鳴らした。

降参だと言え。慶雅は念じる。涼鸞が音を上げれば、わざわざ辱める必要はないのだ。

慶雅は、叡清さえ返してもらえれば、それでいい。

だが涼鸞は、ぎゅっと唇を引き結んで、慶雅を見返した。

強情な、と思いながら、穂先を動かす。肩から上衣を払い落とした。

上半身裸にさせられても、涼鸞は誇り高く頭を擡《もた》げていた。しかし両脇で握り締めている拳《こぶし》には、筋が浮き上がるほど力が入っている。ぎりぎりの矜持《きょうじ》で、辱めに耐えていることが見て取れた。

こうなったら意地比べのようなものだ。叡清を取り戻すために、慶雅は涼鸞を跪《ひざまず》かせたい。

穂先を寝かせるようにして、露になった涼鸞の肌を撫でていく。冷たい白刃が触れると、堪え切れず、涼鸞の身体に震えが走った。鳥肌が広がっていく。

ひとしきり触れたあと、慶雅は再び穂先を立てた。下肢を覆う布にぎらぎら光る刃を当てた。そっと中心をなぞって、涼鸞が息を呑むのを眸の端に止める。握り締めた拳が憤《いきどお》りで震えていた。

それを見て、慶雅の胸に暗い愉悦《ゆえつ》が浮かぶ。もっと屈辱を感じればいい。そして耐え切れずに屈服しろ。

一方の腰に刃を当て、すっと下まで引いた。布が垂れ、生々しく腹から腿までが露になった。かろうじて中心は隠れている。しかし反対側にも刃先を滑らせると、下肢を覆う布はすとんと下に落ち、呈鶻の王子は均整の取れた裸体を晒《さら》すことになった。

慶雅はわざとらしく視線を移動させていく。しっかり正面から顔を合わせ、それから徐々に目線を下げた。

唇を噛み締める整った顔、喉。その下にしなやかな裸身が続いている。薄く筋肉のついた胸、長い腕、足。滑らかな胸の赤い突起が、はっと目を引く彩りになっていた。肌は白い。そして髪の毛と同じ色の下生えに包まれている彼自身。

王子として育ったならば、従者に囲まれているから裸体を晒すことを羞恥《しゅうち》とは感じまい。しかし、辱めとして着衣を裂かれ、見せ物のように裸のまま立たされれば、屈辱と羞恥に叫び出したい思いでいることだろう。

自分が裸に剝いた涼鸞をじっくりと眺め回したあと、慶雅は歩くようにと穂先で突いた。従うしかないとわかっていて、動けない様子の涼鸞だったが、鋭利な刃で追い立てられ、ようやく一歩足が出た。

慶雅は容赦なく涼鸞を追い立てる。押された涼鸞は、最後は手足をぶざまに広げて背後の寝台に転げ込んだ。

「誘っているのか」

慶雅が嘲《あざけ》ると、涼鸞は反転して身体を起こし、睨み返してきた。眸の蒼は恨みを秘めて深い色合いに沈んでいる。

「奴隷になったはずだ」

慶雅がぴしりと言うと、涼鸞は唇を嚙み眼差しを伏せた。

まだ、まいったと言わないか。

慶雅も焦《じ》れている。きっとどこかで音を上げるはずだ。これ以上は、耐えられない、と愁訴《しゅうそ》すれば、慶雅は許すつもりだった。一国の王子を辱めていいとは、さすがに思っていない。

誤算だった。恋童を人質にしたことで、ここまで慶雅が激怒するとは思わなかった。

涼鸞は唇を噛む。

あれは、ただの保証のつもりだったのだ。自死したあと、交わした盟約が履行《りこう》されるように、聖帝を縛るための圧力。

自分は必要ないと言ったのに、一人で聖帝の元に行くことを反対していた羅緊たちの総意で押し切られた。

今となっては、押し切られてはいけなかったのだとわかる。真で交わすべき盟約を持ちかけた自分が人質を取るなど、もっともしてはいけない策だった。慶雅が激怒するのも当然だ。

死ぬことは覚悟してきたつもりだったが、このような辱めを受けることまでは予期していなかった。

涼鸞は矜持だけは失うまいと言い聞かせる。伏せた眼差しに、自らの裸身が見えた。惨《みじ》めにひれ伏す姿を見るまいとぎゅっと眸を瞑《つむ》ると、長槍のぎらつく刃に顎を掬《すく》われ顔を上げさせられた。

「眸を開けろ。逃避《とうひ》は許さない。私の奴隷となった身をその眸に焼きつけろ」

冷ややかな声が降ってくる。

この声が、先程は自死はならぬと止めたのだ。叡清という恋童を捕らえたと言うまでは、遠路やってきたことを気遣う温かみもあった。今見下ろす眸に浮かぶのは、侮蔑だろうか。

命を賭して対等な盟約を迫るつもりが、こんなぶざまな。

涼鸞はぎりっと歯を食い縛る。

逃げようと思えば、可能だったと思う。今でも、叡清を返すと約束すれば、このまま放免してくれるだろう。

だが、そうすれば、ここまで長途やってきたことがすべて無駄になってしまう。なんとかして慶雅を口説き落とし、呈鶻と盟約を交わすよう説得しなければならない。故国では、桔丹の侵攻を必死で押し返しながら、皆が吉報を待っているのだ。

その迷いが、涼鸞の動きを鈍くしていた。逃げようと何度も思いながら、踏ん切りがつかなかった。

両腕を頭上に上げさせられ、拘束される。寝台回りの薄絹を止めていた紐でくくりつけられたのだ。これで抵抗したくても、できなくなった。ふっと身体の力が抜ける。

一度眸を閉じ、開いた。慶雅に視線を向ける。彼はこちらに背を向けて、長槍を台に戻している。怒りが冷めやらないのか、動作が荒々しい。最初見たとき、そして昼間に会ったときの優雅で雅《みやび》な動きとはかけ離れている。それだけ心を乱しているのだろう。

叡清、と言った恋童のことを、大切にしていたことが伝わってくる。

くるりと振り向いた慶雅と眸が合った。見られていると予期していなかったのか、僅かに眸を瞠り、次の瞬間にはきっと引き締めた表情の中に感情は消えてしまった。

慶雅が寝台の脇に立った。指が伸びてくる。胸の突起を抓《つね》られた。手加減も何もなく酷くされて、痛みが走った。容赦ない抓り方だ。

全身が硬直し、引っ張られる方向に背が反り返った。指が離れると弛緩《しかん》して、身体が落ちる。反対側も同じように無造作に捻《ひね》られ、痛みを与えられた。

声が上がりそうになるのを懸命《けんめい》に堪えて、歯を食い縛る。

解放されると、大きく胸が喘《あえ》いだ。息が荒くなる。

何度かそれを繰り返されると、手が目の端を掠めただけで、痛みを予感して身体が縮こまった。全身にうっすらと汗が噴き出している。声は抑えたが、荒い息が漏れるのまでは止められなかった。

力任せに抓られた乳首が赤く腫《は》れ上がっている。それを指先で弾かれると、敏感な先端がびりっと痛みを発する。涼鸞が息を詰めるのを、慶雅は冷ややかな眸で見ていた。

胸を弄《いじ》るのに飽きたのか、慶雅の手が涼鸞の肌を滑っていく。痛みから解放されて、震えるように息を吸い込んだ。しかし触れられなくなっても、乳首は敏感なままだ。空気が揺らいだだけでも、痛いようなむず痒《がゆ》いような微弱な信号を発し続ける。

慶雅の手は喉を擽《くすぐ》るように撫で、肩、二の腕、と移動していく。脇腹に触れ、わざとのように胸の突起を掠めて反対側に回った。涼鸞がびくっと身体を震わせたのを、気づいているようだ。

脇腹を撫でる手に気を取られていたら、不意に胸の突起に刺激を感じて眸を瞠った。舐《な》められている。

ぞくりと背筋に痺れが走った。

涼鸞の眸に、頭を伏せた慶雅が舌を突き出すのがはっきり見えた。わざとらしく、ゆっくりした動きだ。抵抗することはできないのだが、どうしても勝手に身体が動いてしまう。

口腔に含まれ、強く吸引され、歯を立てられた。鋭い快感が走る。

「あっ……」

思わず声が出たところで、涼鸞はきつく唇を噛んだ。胸で感じるなどと思ったこともない。それなのに、飛び出した声は甘く掠《かす》れていて、涼鸞が感じたことを慶雅に教えてしまった。自分がこんな声を出すとは、信じられない。

慶雅は舌で舐め、唾液まみれにした乳首を放し、反対側に移る。

「尖《とが》っている」

きゅっと胸が凝《しこ》っていることを口にされて、涼鸞は羞恥で脳裏が真っ赤に染まった。片方を舐められているときから、その変化は始まっていた。否定したくとも、そちらへの愛撫を期待していたことを明らかにしている。

あまりの恥辱に、できることなら、今この瞬間にも死にたかった。慶雅が、死ぬより辛い辱めと言ったことを、涼鸞はようやく理解しつつあった。しかし、今となっては、それを忌避《きひ》することはできない。なんでもすると言ったのは自分だ。しかも涼鸞がそうして耐えれば耐えるほど、慶雅は眸に怒りを湛《たた》えながら、さらに屈辱を与えていく。

腹に手を置かれた。そのまま下肢へ向かった手に急所を握られる。柔々と擦られ、悦《えつ》が走る。抵抗のしようもない体勢で嬲《なぶ》られると、被虐《ひぎやく》で身体が熱くなった。息を呑み、反応するまいと身体を硬くする。しかし、昂《たかぶ》らせるために揉み込まれると、快感の萌芽《ほうが》は止め

ようがなかった。

「感じているな」

揶揄されても、事実だから何も言えない。

下肢を刺激するように指を動かしながら、慶雅が顔を伏せてきた。再び乳首を含まれる。音を立てて吸われるたびに快感が走った。それは背筋を震わせ、腰の一点に集約されていく。昂りが一段と成長した。

「濡れてきた」

短い言葉で、経過を告げられる。聞きたくないのに、その後も慶雅は容赦なく、涼鸞が感じているさまを描写し続けた。

「ここが開いて、蜜液を滲《にじ》ませている」

言ったときには、慶雅の指は涼鸞の昂りの先端に爪を立てていた。

「あう……っ」

敏感な性感帯をつかれて、腰が跳ねた。その腰骨を押さえられ、さらに愛撫を加えられる。唇は代わる代わる乳首を虐《いじ》め、合間に耳朶《じだ》を噛み、喉を擽り鎖骨を舐めて、また乳首に戻った。そのたびに溢れる液は増え続ける。慶雅の手を濡らし、下生えを濡らした。

「べとべとだ」

言われただけで、さらに蜜は込み上げてきた。

腰の奥が炙《あぶ》られたように熱くなる。馴染んだ射精の予感に、涼鸞は奥歯を噛み締めた。達してはいけない。弄られ感じさせられ、促されるままにいくなど、こんな惨めなことはない。

涼鸞は懸命に踏み止まった。厭《いや》らしく嬲られてはち切れそうになっている股間から、なんとか意識を逸らし、故国のことを考えた。自分が華王朝との盟約を取りつけることを、待ち侘《わ》びている人々。しかしなんとか気を逸らしたのも一瞬だった。

涼鸞の抵抗を、慶雅は許さなかったのだ。涼鸞の身体の感じる場所を突き止めては、次々に愛撫の手を伸ばし、悦楽の渦《うず》に引きずり込んでしまう。

「いや……だ、やめ……」

首を振り身悶《みもだ》えながら、淫欲《いんよく》の狭間《はざま》から逃れようとする。脳裏を真っ白な光が埋め尽くす。片隅の僅かな意識が、いくな、と止めているが、その声は次第に小さくなっていった。

腰が震えた。ここぞとばかり、慶雅は涼鸞の昂りを擦る。淫猥な水音が、夥《おびただ》しい量の蜜が溢れていることを告げる。

だめだ、いく……。

内股が引き攣《つ》った。腰が迫り上がり、慶雅に嬲られていた昂りの先端が開いた。白濁《けくだく》が噴き上げようとした瞬間、慶雅はぎゅっと根元を圧迫した。

「……！」

涼鸞は声にならない悲鳴を上げて仰け反った。逆流した快感が、体内で荒れ狂っている。圧迫する慶雅から逃れようと、身を捩《よじ》り、足掻《あが》いた。頭上で括られた腕を突っ張り、自由になろうともがく。それを容赦なく押さえつけられた。

裸の胸に触れる布に、ああ、と絶望を抱く。こちらは全裸で嬲られ、淫らな肢体を晒しているのに、慶雅はまだ夜着を纏ったままだ。惨めさが募る。現実を閉め出すかのように、息を喘がせながらきつく眸を閉じた。

「いかせない。そなたは奴隷だ。眸を逸らすことも許さない」

それへ、非情な声が降ってくる。涼鸞は苦痛で陰った瞳を開いた。冷たく厳しい眼差しで見下ろす慶雅を見て、本気で言っていることを悟る。

慶雅は、頭上で涼鸞の腕を括っていた紐を解いた。今度はそれで、昂りの根元を素早く縛ってしまう。それだけで涼鸞は、この責め苦がさらに長く続くのだと教えられた。押し止められた快感は、今にも涼鸞の肌を食い破って飛び出しそうなほど、体内の血を騒がせているのに。

拘束を解かれた腕をそっと引き寄せた。まだ感覚が鈍い。

「その手はここだ」

しかし、途中で慶雅に止められる。手首を摑まれ、膝を抱えるように導かれた。

「両膝を開いて固定するのだ」

そんな格好をすれば、自らの恥部をすべて見せることになってしまう。躊躇《ためら》っていると、

「できないとは言わさぬ。そなたは奴隷のはずだ。それとも叡清を返して退散するか」

どうする、と顔を覗き込まれた。

涼鸞は唇を引き締め、屈辱を胸の奥に呑み込みながら、言われるままに膝の後ろを摑んで引き上げた。さすがにそのまま開くことができずにいると、

「開け」

命じられて、閉じていた膝を開いた。自らの肢体を直視できなくて、顔を背ける。根元を縛られながら未だに蜜を零し続けている淫らな昂りとその奥の秘処《ひしょ》が、すべて慶雅の前に露になっている。

開かれた奥を、慶雅がじっと見ていた。羞恥に耐えられないと思っても、手を放すことはできず、堪えるしかない。唇を噛んでいると、慶雅が動いた。指があらぬところを触っている。

「そこは……っ」

触れていい場所ではない。昂りの奥の窄《すぼ》まりに、慶雅の指が入っていく。固く閉じた蕾は、指一本受け入れるのも難しい。無理やり挿れられて、軋《きし》みを上げた。

飛び出しそうな悲鳴を、涼鸞は堪える。痛い。焼き串を突っ込まれたようだ。

「無理か」

指を挿れたものの、動かしようもない狭さだと呟いて、慶雅はいったん引き抜いた。強張っていた身体が弛緩《しかん》する。身体中に汗が噴き出していた。先程までは、快感の甘い香りを内包した芳《かんば》しい汗だったが、今全身を覆っているのは悪寒《おかん》からくる冷たい汗だ。

「何かないか……」

呟きながら、慶雅が寝台を下りた。終わったのか、と思いながらほっとして膝から手を離しかけると、

「まだだ」

振り向いた慶雅にぴしりと窘《たしな》められた。こんな体勢のまま、と恨みに思いながら、慶雅が戻ってくるのを待つ。手に何か持って慶雅が横に立った。

「淫らな眺めだな」

感想を告げられ、かっと身体が熱くなった。すでにさんざんに晒したあとだと思っても、羞恥は何度でも身を焼くらしい。

慶雅の掌《てのひら》が、肌を撫でる。

「滑らかで、染み一つない綺麗な肌だ。絹に触れている気がする。ここも」

といって、赤く突き出している乳首を押し潰された。

「う……」

びりっと背筋が震えた。根元を縛められている昂りが反応した。

「こんなに小さいのに、触れるとそなたの快感を自在に引き出せる」

そんなところで感じたくはなかった。しかし、裸でいるので、感じていることを隠すこともできない。

喘ぎ声を出したくなくて、懸命に声を嚙み殺す。けれども吐息までは、止められなかった。

「堪える風情も色っぽい」

言いながら慶雅の手が顔に触れた。頰を撫で、輪郭《りんかく》を辿《たど》る。熱に喘がされている身体のせいか、頰は薄紅色に染まっている。嚙み締め続けた唇も、通常よりかなり赤みを増しているだろう。指でそれらを確かめるように触れ、

「……もう、やめてやれないかもしれない」

呟いたあと、何かを振り切るように、慶雅の手はまた身体に戻っていった。腰を持ち上

げられる。淫らに足を開いたまま、涼鸞は苦しい姿勢を強いられた。秘処をじっくり眺められているのかと思うと、頭が沸騰《ふっとう》しそうになる。

昴りの形を指でなぞってから、慶雅は先程断念した涼鸞の窄まりに指を入れてきた。何か指につけているのか、今度は軋みながらもすんなり入っていく。

身体の中に慶雅の指を感じて、涼鸞は身動《みじろ》いだ。

指が中で蠢《うごめ》いている。内壁を圧したり引っ掻いたりして、涼鸞が反応するところを探しているようだ。ひとしきり中を確かめてから、指が引いていった。

涼鸞は、詰めていた息を吐いた。だが、指はすぐに二本になって戻ってきた。短く息継ぎをしながら、涼鸞は耐える。

中でてんでに動いていた指が、どこかを掠めた。身体がびりっと反応する。

「ここか」

言いながら、今度は慶雅の指は集中してそこを突いた。

「あ、あ……」

声が止められなかった。引っ掻かれ、突かれ、やめてくれと言っても無駄だった。縛められている昴りからも蜜液が零れている。眸も眩むような快感だった。

指が引いていったとき、涼鸞は快感に侵されて息も絶え絶えになっていた。

それでも、まだ終わりではなかったのだ。

次は三本の指で奥を突かれた。入り口の引き攣るような感じは消えなかったが、奥は差し込まれた指を歓喜して締めつけていた。指三本が楽々動けるほど、中は広げられていたのだ。

気持ちがいい。特にあの、そっと触れられただけでも脳裏が真っ白になるほどの源を突かれたときは。涼鸞は、自分の意識がどこかに飛びそうになるのを、懸命に引き留めていた。これ以上痴態《ちたい》を晒したくない。

無意識に締めつけ、奥へ導こうとした内壁は、喰い締める指が引いていくと、引き留めようと蠢動《しゅんどう》した。何度か抜き差しをしていた指は、涼鸞の中が引き留めるのもかまわず、完全に抜き去られた。空洞が物足りなげに開閉しているのを、きっと慶雅は見ているのだろう。

ひくついている入り口に、硬いものが押し当てられた。涼鸞の蕾《つぼみ》は精いっぱい口を開けてそれを呑み込もうとする。そんな反応を止めたくても、もう涼鸞にはどうにもならない。

しかし狭い入り口を犯すものは、それまでとは全く大きさが違っていた。なんとか指三本を受け入れていたその部分は、痛みの中で広げられる。涼鸞は喘ぎながら逃れようと身悶えた。

膝を抱えていた手が力を失い、するりと外れた。足が下に落ち、手は慶雅を押し退けるためか、足掻くように宙を掻いた。

しかし抵抗は無駄だった。腰を摑まれ、しっかりと固定される。そのまま灼熱の杭が、狭道の奥まで入り込んできた。

「あぁぁぁぁ」

悲鳴を上げ、身体を硬直させる。かまわずに進んだ長大なものは、最奥に達してようやく動きを止める。狭い隘路《あいろ》を埋め尽くされて、涼鸞は息を止めたまま眸を見開いていた。唇が戦慄《わなな》いているのが、かろうじて意識があることを示している。

肌から血の気が引き、急激に体温が下がっていった。昂っていた涼鸞自身も、力を失っている。

「息をしろ。涼鸞」

異変を察した慶雅が頬を叩いた。昂りの根元を縛めていた紐を抜き取る。それでも反応しない涼鸞に危機感を抱いた慶雅が、いきなり彼を引き起こした。急な動きに、中に含まされた慶雅自身も角度を変えた。衝撃に、涼鸞が激しく震える。

しかし、結局それが、涼鸞の意識を引き戻した。喘ぎながら息を吸い、がくがくと身体を震わせて咳き込んだ。咳をするたびに内壁が刺激され、痛みの中に微妙な震えが湧き上がり始めた。

慶雅は抱き寄せるようにして、涼鸞を支えた。逆らうこともできず脱力して凭《もた》れかかっていると、慶雅の身体から熱が伝わってくる。冷え切っていた身体が、じわりと温みを取り戻した。

慶雅の手が涼鸞の背をゆっくりと撫でていた。まるで労《いたわ》られているようで、相手の肩に顔を伏せたまま涼鸞は戸惑った。

串刺しにされた入り口も中も鈍い痛みを訴えているのに、息が止まるほどの衝撃はすでに薄らいでいた。そうなれば、指で感じていた快感を取り戻そうと、勝手に内壁が動き出す。

「……ぁ」

じわりと快感の漣《さざなみ》が立った。小さく喘いで、涼鸞は慶雅の腕から逃れようとする。その動きが、次の快感を呼び覚ました。

涼鸞の変化をじっと観察していた慶雅が、腰を摑んで軽く揺すった。

「あぁっ」

今度は紛れもない艶声だった。

いったい自分の身体はどうなっているのか。

戸惑いながらも、涼鸞は痛みを押し退けて身体を浸し始めた快感に、意識を委《ゆだ》ねた。激痛に泣くより、その方がよほどましだ。穏やかに身を任せていれば、慶雅の手も優しく触れてくる。

いきなり腰を動かしてさらなる衝撃を与えたりせず、緩やかに揺するところから始めて、涼鸞が感じられるように導いてくれる。

乳首にそっと触れられて、走り抜けた快感に思わず仰け反った。すると中に含んだ慶雅自身の角度が変わって、堪らなく悦いところに当たる。一瞬息を詰め、快感の走り抜けるのを待って、息を吐いた。

「いいようだな」

それを見て、慶雅も頃合いと判断したのだろう。緩く揺すっていたのを、下から突き上げる動きに変えた。

ひっきりなしに、背筋を震えが駆け抜ける。腰の奥から全身に広がる快楽は、慶雅が動くにつれ絶え間なく涼鸞を揺り動かした。

痛みはどこかに消えてしまい、力を失っていた昂りも復活した。息づくそれを慶雅が握り締めた。腰を突き上げ大きく回すような動きに合わせて擦り上げる。込み上げる快感に煽《あお》られて、涼鸞は無意識に慶雅にしがみついた。

こんな悦楽は知らない。どこを触られても震えが走り、自ら体内にある灼熱の杭を喰い締めて、そこから快感を貪《むさぼ》っている。

「い、い……、ぁ…」

自分からも激しく腰を動かしていた。あとからあとから快感が込み上げる。意識は朦朧《もうろう》とし、譫言《うわごと》のように快美を口走りながら、ひたすら頂点を目指す。

慶雅が唇を近づけてきた。喘いでいた唇を塞がれる。忍び込んできた舌に、口腔を貪られた。舌が絡まり強く吸引される。それもまた、弾けるような快楽を生んだ。

下からの突き上げで、感じるところを余すところなく抉《えぐ》られ、涼鸞は髪を乱しながら身悶えた。

どこを触られても悦くて、悦すぎて苦しい。慶雅がもみくちゃにしている昂りは、ひっきりなしに零す淫らな液で濡れそぼっていた。そのまま一気に絶頂まで押し上げられる。

「いくっ……」

苦しげに訴えたと同時に、夥《おびただ》しい量の蜜液を噴き上げていた。それは慶雅の手を濡らし、互いの腹を汚し、滴《したた》り落ちていった。

達した衝撃で、全身が震えた。緊張していた身体から、くたりと力が抜け、慶雅に支えられる。忘我の域に押し上げられるほどの快感を得たのは初めてだった。内部にも痙攣《けいれん》が伝わり、慶雅の熱塊を締めつける。内壁が蠕動《ぜんどう》し、慶雅の逐情《ちくじょう》を促す。

きつい締めつけに、慶雅自身が膨れ上がった。勢いよく吐き出した白濁が、最奥に叩きつけられる。

達したあと脱力しかけていた涼鸞の身体が、びくりと跳ねた。

「あ、あ……」

戦慄く唇が、言葉にならない悲鳴を上げる。背後に倒れかかるのを、慶雅が抱き留めた。肩を抱き、自らの胸に抱え込む。涼鸞は忙《せわ》しい呼吸を繰り返しながら、ぐったりと寄りかかる。厭だと突っ撥《ぱ》ねる余力は残っていなかった。

逞しい慶雅の胸は、小揺るぎもせず涼鸞を受け止めていた。

合わさった胸から、相手の速い鼓動が伝わってくる。ぼんやりした中でその音を聞きながら、意識がふわりとどこかへ流れ出していく。この先どうするかを考えなくてはならないのに、今はまだ快感の中、五彩の雲に包まれて、ふわふわと漂っている気がした。

汗ばんだ背をさすられる感触が心地よくて、涼鸞はそのまま身を委ねていた。

「落ち着いたか」

しばらくして声をかけられ、顔を上げることができなかった。すでに熱は引き、自分の晒した痴態が隅々まで蘇って、身の置き所がないほどの羞恥に襲われている。

しかもこの体勢。

抗《あらが》いもせず慶雅の胸に抱かれ、未だ最奥に彼自身を内包したまま、陶然《とうぜん》としていた自分が許せない。

「抜くぞ」

屈辱に返事をしないでいると、慶雅に腰を持ち上げられた。膝に力を入れてこちらからも抜こうと試みたが、失敗した。震える膝は、全く力が入らない。

「無理をするな」

慶雅は涼鸞を背後の敷物の上に横たえながら、己自身を引き抜いた。

「ぁ……」

内臓が引きずり出されるような不快感に耐える。引き抜かれたあとの空洞が、喰い締めるものを求めて蠢動するのが堪らなかった。

背中が寝台に触れてほっとする。汗やその他の体液で、身体が汚れていて、粘つく感触が不快だったが、どうしようもない。

身体を起こした慶雅は寝台を下りると、乱れていた夜着を調《ととの》えた。結局裸体を晒したのは涼鸞だけで、慶雅は最後まで着衣を脱がなかった。そのことが彼我《ひが》の立場の差を示しているように感じられ、居たたまれない。

慶雅はつかつかと歩いて、卓に置いてあった茶器を取り上げた。それを涼鸞が横たわる寝台の傍らまで運んでくる。

「喉が渇いただろう」

と差し出されて、慶雅を見上げた。確かに喉はからからだ。喘ぎすぎて干上がった喉からは、言葉を発しようとしても、掠れた聞き取りにくい声しか出ないだろう。しかし奴隷だと言い捨てた相手に、この寛恕《かんじょ》はどうしたことか。

「飲まないなら、下げるが」

からかうように言われて、なんとか上体を起こし、あてがわれるままに口をつけた。悔しいことに、身体を起こすだけの動作がひどく堪《こた》える。全身どこにも力が入らない。

茶は、甘露《かんろ》だった。甘みのある水で、甘みのある茶を点《た》てたのだろう。ごくごくと喉を鳴らして、茶器の中身を全部飲み干してしまった。

ふうっと息をしながら濡れた口許を腕で拭っていると、おかしそうに慶雅が見ているのに気がついた。抱く前や途中にあった険《けわ》しい気配が消えている。

どうしたのかと首を傾げて見返すと、慶雅は目元から険を消したまま告げた。

「そなたのことを、側近の者になんと言おうかと考えていた。すぐに叡清を返さないのなら、ここに軟禁しなければならないからな。私には奴隷でも、周囲にそうとばれるのはまずい。聖帝の徳が地に落ちると直諫《ちょっかん》される……」

言いかけて、聖帝は言葉を詰まらせた。視線が宙を泳ぐ。まるで、その場にいない誰かを虚空に描いているようだった。それから気を取り直したように軽く咳払いして、あとを続けた。

「そなたも、呈鶻の王子がここにいると知れてはまずいのだろう？」

「もちろんだ」

喉は潤《うるお》っても、まだ掠れ声しか出てこない。

「桔丹の間諜《かんちょう》がどこにいるかわからない。俺の姿を見られたら、盟約が成《な》ったと誤解され、桔丹側は火がついたように呈鶻を攻め潰そうと押し寄せてくるだろう」

「そういうことなら、変装してもらうしかないな」

それを慶雅は楽しそうに告げた。いったい何が愉快なのか、そのときの涼鸞にはわからなかった。

寝台に涼鸞を残したまま、慶雅が室の扉を開ける。宿直が詰めているはずの隣室には、数人の兵が眠り込んでいた。開け放った扉から涼鸞も彼らを見た。もうしばらくは目覚めそうにない。慶雅も同じ判断をしたようだ。

「侍官を呼ばせようと思ったのだが……」

常に一人は控えているはずの侍官も、警護の者たちと一緒に眠っている。

「仕方がない。涼鸞、起き上がれるか」

「なぜ……?」

「湯殿で身体を洗った方がいいだろう。侍官を呼べないから、一人で入ってもらわなければならない」

身体を綺麗にできると聞いて、涼鸞は軋む我が身を持て余しながらなんとか起き上がった。寝台から足を下ろす。四柱の一つにしがみつくようにして立ち上がった。

思わず笑ってしまうほど、膝に力が入らない。これが馬に乗ったら古今無双《ここんむそう》の名手と謳《うた》われた男の成れの果てだ。

「歩けそうか」

しがみついてようやく立っている状態に、さすがに慶雅が気遣う様子を見せた。歩けないと言ったら、どうする気だ。試してみたい、という意地の悪い思いを打ち消しながら、涼鸞は首を振った。手は借りないと決めている。

「どちらへ?」

案内を頼む。ふらつきながらも一人で立った涼鸞に、慶雅が言ったのは、

「強情だな」

という言葉だった。揶揄されても、反応を示す余裕などない。上に羽織るようにと溥物の袍《ほう》を差し出された。裸のまま移動しなければならないのかと半ば覚悟を決めていたから、その好意にほっとする。

本当に、どういう心境の変化なのか。優しすぎて気味が悪い。最中にさんざん嬲ってくれた男とは思えない。

しかし、無情に突き放されるより、有情の柔らかさに包まれる方がいいに決まっている。こちらだと示される方に、蹌踉《よろ》めかないよう注意しながら、そろそろと進む。室を出て回廊をくるりと回ったところに、湯殿はあった。あちこちに常夜灯が灯っていて足元に危うさはない。しかし、造りから考えて、先程の室からでも行けるのではないかと思った。

「呈鶻では、露天を通らなくても湯殿に行ける」

設計の稚拙《ちせつ》なことを笑ってやると、

「蹌踉めきながら歩く様子が色っぽくて、もう少し見ていたいと思っただけだ」

「な……っ」

なんという言い訳だ。涼鸞は無理やり姿勢を正すと、絶対にふらつかないように膝と腰に意識を集中した。背後で慶雅が含み笑いをしている。

た。

　その意地を招く言葉を吐いたのは誰だ。心の中で詰りながら、なんとか湯殿に辿り着い
「これは温泉から引いた湯だ。ゆっくり浸かって、身体を労《いたわ》れ」

　体調不良を引き起こした張本人に言われたくないものだ、と思いながらも、涼鸞は着てきた袍を脱ぎ捨てると、慶雅から離れ、蒸気の立ち込めた湯殿の中に足を踏み入れた。

　室内は岩風呂を意図して作られているようだ。周囲は、磨かれた花崗岩《かこうがん》でできていて、明かり取りと湯気を逃がすための窓が二か所に嵌め込まれていた。水気を防ぐ工夫をした灯りが諸処《しょしょ》に取りつけられて、室内を幽玄《ゆうげん》の趣《おもむき》に変えている。

　もともと聖帝の居室ではないせいで、華美な装飾はなく実用的な造りだが、それでもところどころに繊細な彫刻が施してある。郡都を訪れた公賓用《こうひんよう》の宿舎のようだ。

　源泉から地中を通って運ばれてくる間に、適温になるよう距離を計算したらしい。広々とした湯船に蓄《たくわ》えられた湯も、滝のように頭上から流れ落ちるようにしてある湯も、熱くもなく温《ぬる》くもなくちょうどいい。

　流れる湯に身体を打たせ、こびりついていた体液を洗い流した。長い髪が水気を吸ってずしりと重くなる。呈鶻の男は長髪が基本だ。髪には呪力が宿ると信じられているから、

毛先を調える程度にしか髪は切らない。同じ理由で、きちんと手入れをし、誰よりも艶やかな髪質を保とうとする。髪の美しい男だけが、神の加護を受けられるからだ。

ざっと洗ったあとで、湯船に身体を沈める。身体の周囲を撫でるように通り過ぎる湯が、心地いい。流れる勢いを殺さないように湯船まで導いているのだろう。

故郷の宮殿にいたときは、小姓たちが身の回りのすべてを整えてくれたが、狩り場や戦場の野営地だと、人の手は借りない。すべて自分でこなす。

「聖帝は、どうなのか。身体を洗う術《すべ》さえ知らないのではないか」

長々と足を伸ばし、酷使した筋肉がゆるりと弛緩するに任せてくつろいでいたとき、

「身体を洗うくらいはできるぞ」

と声がして、はっとそちらを振り仰いだ。

自慢そうに言いながら、滝に向かったのは慶雅だ。夜着を脱ぎ捨てて、素肌を晒している。肩幅の広い上半身から、引き締まった下半身まで、理想的な体型をしている。

馬を御《ぎょ》し、野山を駆け回る自分の方ががっしりした体格に恵まれてもいいはずなのに。どれだけ鍛《きた》えても、逞しさには届かなかった涼鸞からすれば、羨ましい限りだ。

頭から滝に打たれたあと、慶雅がこちらを向いた。じっと見ていたことを知られたくなくて、慌てて視線を逸らす。

滝から出てこちらに近づく気配に、逃げ場を探した。だがすぐに、ここから逃げて、どこに行くのかと思い直した。意識して緊張を解く。

真後ろに気配を感じる。と思ったら湯に浮いている髪を掬われた。

「綺麗な髪だ。濡れてずしりと重くなっているが、これが日の光に透けてきらきら輝くのを見たときは、黄金を頭に乗せているのかと思ったぞ」

「……っ」

軽く引っ張られて仰け反った。見上げた先に、慶雅の笑顔がある。清雅に整った顔に浮かぶ笑みは、うっとりと見惚れるだけの魅力に溢れている。ふわりと薫風《くんぷう》が鼻先を掠めた気がした。

その髪を弄りながら、慶雅が隣に入ってきた。ざっと湯が溢れていく。泳ぐこともできるほど広い浴槽だから、そんなにくっつかなくてもいいのにと涼鸞は身を離そうとしたが、握られている髪に引っ張られて動けない。

「一人でこの髪を乾かすのは、大変だろう」

黄金の髪がよほど珍しいのか、慶雅は涼鸞の髪を離さない。まとめてみたりより分けてみたり、まるで子供のように嬉々として弄り回している。そうかと思うといきなり腰に手を回して、半身を浮き上がらせた。

「何をする……」

慌てて、湯船の縁に摑まろうとする。手が届かず上半身が湯に落ちかけているのに、それにはかまわず、慶雅の指は下草に触れている。

「やはりここも綺麗な金色だ」

かっと身体が熱くなった。動きが止まり、頭から湯に沈んでしまう。慌てた慶雅に乱暴に引き起こされた。弾みで湯を飲み込んだ涼鸞は、けほけはと咳き込んだ。

「やあ、すまない。そなたを溺《おぼ》れさせるつもりはなかったのだ。寝室では暗くて十分に観賞できなかったから」

あくまでも大らかに謝る慶雅に、逆に涼鸞は警戒心を高めていった。奴隷にすると宣言した相手に、これは好意を見せすぎなのではないか。

そう思えば、腰に回っている手を振り払うこともできない。下手に動いて、難題を言い出されては敵《かな》わない。

それをいいことに慶雅は、涼鸞を自分の膝に抱え上げてしまった。後ろ向きに引き寄せられ、慶雅の胸に自分の背中が重なった。慶雅が長く伸ばした足の上に、涼鸞はいる。体格が違うせいで、すっぽりと抱え込まれ、男としての自尊心を刺激される。唇を嚙んでいると、慶雅は相変わらず髪を弄りながら、

「東方から取り寄せた髪粉がある。それで髪を洗えばもっと艶が増すはずだ。次は準備させておこう。黄金の煌めきに相応《ふさわ》しい衣服を着せて、そなたを飾り立てるのが楽しみだ」

何を考えているのだ、とまた首を傾げたが、髪に触れていた手が胸元に下がってきてそれどころではなくなった。

さわさわと撫でさすられて、欲望の残滓《ざんし》が掻き立てられる。乳首は先程さんざん弄られて、性感帯に作り替えられた場所だ。指で押し潰されると、鋭い快感が駆け抜ける。前のめりになりながら、慶雅の腕を摑んだ。その瞬間、きゅっと乳首を捻られた。

「あぁ……っ」

自分の口から出たとは思いたくない嬌声《きょうせい》だった。

「いい声だ」

満足そうに頷かれれば、ますます情けなくなる。

慶雅は遠慮なく涼鸞の身体に触れ、情欲の熾火《おきび》を煽《あお》り始めた。

「ここは何もしていないのだろう」

言いながら、腰の下に指を潜《もぐ》らせて、慎《つつ》ましく閉じていた蕾を開いた。先程まで慶雅自身を受け入れていたその部分は、すんなり指を呑み込んでいく。

「いや……だ」

湯の中で逃れようと足掻くから、波が立った。ざざっと溢れていく湯にはかまわず、慶雅は差し入れた指をくの字に曲げて、中から残滓を掻き出していく。

「綺麗にしているだけだ」

そう言われても、奥を刺激されれば、感じてしまう。特に弱みのあたりを何度も擦られると、涼鸞の気持ちを置き去りにして股間の昂りが力を持っていく。そして、実は腰の下にあった慶雅の昂りも、形を変え始めたのだ。

また抱かれるのか。

自分がどんな痴態を晒し、どんな声を上げたのか。忘れようにも忘れられない。やめてくれと叫びたいのに、涼鸞にはその権利がない。なされるがまま、諾々《だくだく》と受け入れることを、自分自身が選んだ。

指でくじられ、開かれた中に、再び慶雅のものが入ってきた。最初のときほど痛みはない。すでに一度その形に広げられていたことと、湯の中で身体が柔らかくなっていたせいだろう。

慶雅の昂りは隘路を進み、ほどよいところで止まると、そのあたりを小刻みに刺激し始めた。堪らなく悦を感じる部分を抉られ掻き回されて、涼鸞は声を上げ続ける。あっという間に絶頂へ追い上げられ、乳首を抓られながら達した。流れる湯の中に白濁が吸い込まれ、縁を越えて消えていく。

さらに奥を突かれ、背後から耳朶をしゃぶられる。

「早いな」

と言われても仕方がないほど、昂りの回復は早かった。いや、いくのも早かったから、慶雅はそれを揶揄したのかもしれない。

腰を摑んで揺さぶられ、突き上げられる。自分で慰めるように言われて、昂りを掌で包み込んだ。動かすつもりはないのに、身体の奥から溢れ出る快感に痺《しび》れたようになって、いつしか熱心に触れていた。

「いくぞ」

慶雅も長くは引きずらなかった。機を見て動きを速め、涼鸞と同時に果てるよう調整しながら、階《きざはし》を上る。

最奥に勢いよく蜜液を浴びせられたとき、涼鸞も三度目の悦を極めていた。だらりと腕が垂れ、自力では姿勢も保てなくて背後に凭れかかる。

慶雅は自身を抜き取ると、ただちに指を挿れて中のものを搔き出した。

先程と同じ刺激を受けても、さすがに涼鸞の昂りは反応しなかった。しかし快感の連鎖は途切れることなく続いて、涼鸞はびくびくと身体を震わせ続けたのだ。

「これでいいだろう」

慶雅は指を引き抜き、涼鸞を抱え直すとそのまま立ち上がった。

「あ、何を……」

ぐらりと身体が揺れたのに驚いて、悠遠の彼方に飛んでいた意識が急に鮮明になった。

「下ろしてくれ」

横抱きにされるなど、屈辱だ。身体を離そうと暴れるとわざとのように揺さぶられた。

「歩けないくせに。摑まっていろ。落ちるぞ」

ずるっと本当に落ちかけて、慶雅の肩に縋った。

「歩けるから、頼む」

こんな格好で、湯殿を出たくなかった。扉の外には人の気配がある。ここへ来る前に慶雅が手配してきたのだろう。その中に、抱かれたまま出るのかと思うと、居たたまれない。

「いやだ、下ろせ」

言っているのに、慶雅は、涼鸞の願いを無視した。

「開けよ」

慶雅が声を張ると、さっと外側から扉が開かれた。聖帝が男を抱えて立っていても、誰も何も言わない。それぞれの役目に従って、動いている。さっきまではなかった榻が運び込まれていた。布を重ねた上に、涼鸞はそっと下ろされる。

屈辱を懸命に噛み殺しながら眼差しを伏せた。手探りで下になった布を探り腰のあたりを覆う。手に帷子《かたびら》を持った女官たちが、近寄ってきた。

「な……」

なよやかな手が身体に触れ、涼鸞はぎょっとして振り払う。慌てて慶雅を見ると、彼の周囲には侍官がひしめいていて、身体の水気を拭い、細々とした世話に取りかかっていた。

なぜ自分は女官なのだ。

理不尽に思いながらも、やむを得ず身を委ねる。同じように何度か帷子を取り替えられ、綺麗に水分を拭き取られる間じっとしていた。慶雅が、にやにやしながら、こちらの反応を窺っているのがわかったからだ。女官たちを押し退ければ、また何か言い出すに違いない。

慶雅に抱かれた徴《しるし》を残した身体を、衆目に晒すのは苦痛だった。いくらそれが彼らの役目であっても。

別の女官が髪を梳り《くしけず》、全身に香油を擦り込まれた。身体が乾くと、慶雅が側に来る。自分も慶雅も夜着の薄物を纏わされていた。世話を済ませた侍官と女官たちは、面を伏せながら出て行った。

「抱いていってやろうか？」

声をかけられて、慌てて頭を振った。

「残念だな。そなたは抱き心地がいいのに」

そんな言葉は無視だ。

しかし断ったものの、歩けるかどうか、実は自信がない。抱かれたあとの脱力感は記憶に新しい。今は湯殿でさらに精力を搾《しぼ》り取られている。

ゆっくりと立ち上がった。しばらくそのままで様子を見て、どうやら大丈夫そうだと見極めをつける。人の身体は、柔軟にできているらしい、と涼鸞は自嘲した。抱かれることに、すでに慣れ始めている。

慶雅に従って寝室に戻ると、乱れていた寝台は綺麗に整えられていた。これで慶雅の身辺に侍《はべ》る者たちには、自分が彼に抱かれる身であると知られたことになる。

慶雅は寝台の周りに垂れていた薄布をうるさそうに払うと、涼鸞を呼んだ。

「朝までもう少し眠れる。来るのだ」

どうやらここで一緒に寝るらしい。別室を用意してくれる優しさはないようだ。

涼鸞は、聞こえないように吐息を漏らすと、慶雅の傍らに横たわった。離れていようと思ったのに、腕を摑まれ引き寄せられ、隙間なく身体を密着させられる。

眠れるはずがないと思っていたのに、意識があったのは一瞬だけだった。慶雅の腕の中で、涼鸞はあっという間に眠りに落ちていた。

眸が覚めたとき、慶雅の姿はなかった。緊張と疲れが心身を痛めつけていたせいか、涼鸞は寝過ごしたのだ。起こさなかったのは、慶雅の思いやりだったのかもしれない。

上掛けを押し退けながら起き上がる。何はともあれ新しい一日の始まりだ。あまり悲観的な気持ちに陥らないようにと、自身に言い聞かせる。過去を悔やむより、未来を考える方が有益だ。まずは、手詰まりのこの状態を抜ける手段を考えよう。

足元に置かれていた履物《はきもの》に足を入れ、室内を横切った。昨日宿直の者が詰めていた室の扉を開けると、控《ひか》えていた女官たちが、一斉に頭を下げた。

また女官か、と少し苛《いら》つきながら、導かれるまま椅子に腰を下ろした。洗面を済ませ、髪を複雑な形に結い上げられたとき、おかしいとは思ったのだ。だが、問いを発する前に立ち上がるよう促され、導かれて入った室で、涼鸞は硬直する。自分を待ち受けるものを知ったのだ。

色とりどりの煌びやかな衣装が、所狭しと並べられている。明らかにこの国の皇女の正装だ。慶雅は楽しそうに指図してそれらをより分けていた。そのあとで、選び出された衣装に着替えるように言われ、目眩《めまい》がしそうになる。

「俺に、女になれというのか」

すでにきちんと着替えを済ませた慶雅は、ゆったりと椅子に座りながら笑っている。思った通りの涼鸞の狼狽《ろうばい》を見て、愉快な気持ちでいるのだろう。急に慶雅の機嫌がよくなったのはこのせいか、とようやく得心した。奴隷とした星鵑の王子をおもちゃにするなら、それは確かに気持ちがいいだろう。

金襴《きんらん》の生地に刺繍《ししゅう》が施された上着。極上の絹で作られた中着と裳《も》。ふわりと羽織る肩巾《ひれ》は羽衣と見まがうばかりの薄い布帛《ふはく》。

「俺は女ではない」

怜悧《れいり》な視線で慶雅を睨む。

「それはもちろん知っている」

慶雅は重々しく頷いた。

「だが、着てもらう。昨夜、変装が必要だということで、意見の一致をみたと思うが？」

言いながら、慶雅の眸は、いよいよおかしそうに笑っている。いいようにいたぶられている気がしてならない。

「それに昨日までは女装していたのだ。宿舎に呼び寄せた女芸人が気に入って引き留めた、とちゃんと理屈に合うではないか」

もっともらしく指摘されて、涼鸞は詰まった。言われてみればその通りで、抗弁のしようもない。

涼鸞はしぶしぶ腰を下ろし、着替えさせられた。長身だから、立ったままでは女官たちの手が届かないのだ。

帯を締め、肩巾を垂らす。耳朶には紅玉、頭も金銀玉の簪で飾られた。顔にも化粧が施され、出来上がったときは涼鸞の方が疲労困憊《ひろうこんぱい》していた。じっと座っているのも、なかなか体力を使う。

女官長が、ほれぼれと涼鸞を見ながら、

「これでいかがでしょうか」

と慶雅に伺いを立てる。

「上出来だ。これを……」

頷いて傍らにある玉を示す。女官長がうやうやしく受け取って眸を瞠《みは》る。

「麟鉱石《りんこうせき》の玉ではありませんか」

え？　麟鉱石？　と涼鸞は首を傾げる。聞いたことがない。

慶雅は不審そうな顔をしている涼鸞に説明した。

「麟国に産する鉱石だ。武器として磨けば白剛石だが、下に作ることもできる。もともと産出量が少ない上、出ればほとんどが武器に磨かれるから、玉に磨いた麟鉱石は貴重なのだ。王の身代金に相当する」

白剛石は、知っていた。桔丹と華王朝の争奪戦のもとになったものだから。しかし、玉になるとは知らなかった。

女官長が近寄ってきて、五色の組紐で繋ぎ止められた玉を涼鸞の腰に吊した。涼鸞はまじまじと、貴重な玉を見る。玉は光に翳《かざ》すと虹色の鮮やかな色に染まり、見ているとその色彩の乱舞の中に引き込まれそうになる。暗いところでは不透明な白色に落ち着くらしい。

「それをしていれば、そなたが我が寵姫《ちょうき》であると、誰もが思うだろう。なんと麗しい女人ではないか。側に侍らせる私も鼻が高い」

満足そうに頷いている慶雅の前で、涼鸞は居心地悪く身動いだ。頭につけられた歩揺がしゃらりと涼しげな音を立てる。豪華な金色の髪は結い上げられて涼鸞の精細な美貌を飾っている。着ているものや飾り物より、涼鸞本人が光輝《こうき》を放っていると言うべきだろう。

「これほど美しい方がおられたら、陛下も後宮に落ち着いてくださるでしょうに」

女官長が、残念そうに涼鸞を眺めている。

「だそうだ。涼鸞、本気で我が寵姫を目指してみるか」

笑い顔で言われ、不機嫌な声で拒絶する。

「……冗談ではない」

「ああ、声はやはり男だな。ここにいる者は承知しているからいいが、外に出るときは、先日のように細く作った声で話してくれ」

勝手なことを言っている。俺はおもちゃではない、と喚《わめ》きたい。いいように身体を嬲られたあげく、女の格好をさせられて。

いやなら、という慶雅の声が聞こえてきそうで、涼鸞は喚き出す前にぎゅっと自分の口を閉じた。

ひらひらした女物の衣装にはうんざりだ。しかも貴妃《きひ》の服装だから、苦しいほどに締め上げられている。だが涼鸞は黙ったまま耐えた。

「さて、身支度が整ったからには次は朝食だな。私も待ち侘びていた」

慶雅が立ったので、涼鸞も立ち上がった。飾り物で頭が重い。一度ぐらつきかけて、なんとか姿勢を正した。腰に吊した玉が、揺れて煌めいた。

「柳腰《りゅうよう》のなよやかさよ」

ふらついたことを揶揄されてむっと唇を引き締める。

慶雅とともに、回廊に出た。緩やかな足取りで慶雅が進むのは、そこここに立って警備している衛士や、行き交う侍臣たちに涼鸞を見せたかったからか。

慶雅の思惑通り、傍らに寄り添う涼鸞の美貌に、誰もが驚愕《きょうがく》の眸を瞠った。高貴な女性をまじまじと見つめるのは不敬になるのだが、ちらりと見ただけで眸が放せなくなり、呆然としてしまうらしい。

しずしずと進む慶雅は、にやにや笑っている。自分の悪戯《いたずら》が面白くてならないのだろう。食事を済ませて自室に戻ると、椅子に涼鸞を座らせ、前から後ろからしみじみ眺めて満足そうに頷いた。介添えとしてついている女官長に顔を向ける。

「これなら、奉納の舞子《まいこ》に、ちょうどいいのではないか？」

「確かにこのお美しさなら、舞台にお立ちになれば映《は》えましょう」

「実は邑に出して見せびらかしたいのだ」

女官長が苦笑した。黙って聞いていた涼鸞が堪りかねて立ち上がる。

「冗談ではない。ごめんだ」

「なぜだ？　邑の中心に舞台を組んで、涼鸞の美しさと、勝利祈願の舞いを披露するのだぞ。さぞ華やぐことだろうな」

涼鸞の拒絶は無視され、慶雅の命令でさっそく事態が動き出した。

立ち尽くしていた涼鸞は、

「俺はいやだ」

二人きりになったとき、もう一度蒸し返した。

「わからないな。香瑠亜として踊っていたではないか」

「それは……っ」

慶雅に近づく手段だと割り切っていたからだ。女装もこんなごちゃごちゃしたものではなく、できるだけ簡素に装っていた。

「とにかく、そなたに拒否権はない。何しろ、私の奴隷なのだからな」

ぐっと詰まって涼鸞は顔を背けた。立場が弱すぎる。こちらは叡清という恋童を押さえていても、それを取引には持ち出せないし、持ち出す気もない。奴隷になると承諾したのも自分自身なのだ。

この先どうやって、呈鶻との盟約を認めさせればいいのだろう。

俯いたまま吐息を零す涼鸞を、慶雅は口許を緩めながら愉快そうに見ていた。


邑の中に舞台建設の音が響き始めた。戦勝を祈る舞いが奉納《ほうのう》されるという噂が広まっていき、毎日のように見物人が押し寄せる。その中へ、慶雅は涼鸞を従えて出かけていくのだ。ふたりとも輿《こし》だが、涼鸞の輿は御簾で覆って外から見られないようにしているのに、慶雅の方は素通しだ。

御簾越しにその様子を覗き見た涼鸞は、慶雅の剛胆《ごうたん》さに呆れていた。今は枯丹と戦の真っ最中で、ここは戦場からさほど遠くない。枯丹の刺客が狙ってきたら、どう防ぐつもりなのか。遠方から矢で射られたら、輿の中では逃れようがない。

さらに供の者も少なく、集まった庶人たちが一斉に殺到《さっとう》したらとんでもないことになるだろう。実際は、舞台を見学に来た庶人たちは、聖帝の姿を見て歓呼の声を上げているだけだが。

その日帰着した涼鸞が危険について率直に言及すると、慶雅は余裕の表情で答えた。

「私は民を信じている。もしよからぬ企《たくら》みを持って近づく者がいても、周囲の民たちが注進してくれるだろう。それくらいのことで不安を覚えるとは、涼鸞、そなた可愛いな。心配しなくても、そなたは私がちゃんと守るぞ」

「そんなことを頼んだ覚えはない」

憮然《ぶぜん》と言い返し、しかし涼鸞は内心で深い衝撃を受けていた。慶雅は冗談を言っているのではない。本気でそう思っているのだ。

涼鸞の父も、良い王の一人だと思う。酷税を強いたことはないし、法体系を整備して内政に尽くした。おそらく歴代の王の中でも、上位に評価される王だろう。しかしその父も、外出するときは厳重に周囲を警備させている。不穏分子はどこにでもいるし、いつ何が起こるかわからないからだ。

慶雅の言葉を聞いてから、涼鸞は歓呼の声を上げる庶人たちを注意深く見るようになった。すると聖帝を見る彼らの眼差しには、尊崇《そんすう》と感謝と親しみが込められていることを知る。

確かにこういう庶人たちばかりなら、襲撃されることを心配する必要もないだろう。だが、桔丹の刺客がいたら？　本当に庶人たちは、聖帝を守るために動くだろうか。

涼鸞の懸念が現実のものとなったのは、それから数日後のことだった。

行列を見ようと集まった庶人たちの後方から、怒鳴り声が聞こえてくる。喧嘩《けんか》だろうか。御簾越しでは様子がわからず、涼鸞がじりじりしていると、先を進んでいた慶雅の輿が止まった。どうしたのか、と窺っていると、慶雅が輿を降りるのが見えた。無造作に庶人たちの中に入っていく。

馬鹿。警護の者たちは何をしているのだ。一人で行かせたら……。

こちらがはらはらと気を揉んでいるのに、慶雅は自然体で歩いていく。警護の衛士たちが数名、困った顔で従っていた。

慶雅が分け入ると自然に道ができて、涼鸞も騒ぎが起こっている場所を見通すことができた。庶人たちが、一人の男を囲んでわいわいやっている。声は聞こえないが、雰囲気から何か責め立てているらしい。

いったい何を騒いでいるのだ、と御簾の中で身体を乗り出した。慶雅は近くまで歩み寄っていて、気づいた男が懐に手を入れる。それを見た途端だった。

危ない！

考えるより先に身体が動いていた。涼鸞は御簾を撥ね上げて輿を飛び降り、引き抜いた簪を投げつけた。狙いは過《あやま》たず、きらきらと光を弾きながら飛んだ簪は、男の手を直撃した。

わっと悲鳴が上がる。慶雅が振り返った。煌びやかな女装姿で仁王立ちしている涼鸞を見ておかしそうに笑う。警備の衛士たちが駆けつけて男を取り押さえた。

ざわざわと騒ぎが広がる中、慶雅が帰ってきた。涼鸞の前で立ち止まり、得意げににやりと笑う。

「前に言っただろう？　庶人たちはちゃんと賊を発見してくれたぞ。ほら」

これを持っていたと慶雅が見せたのは、指で弾く鉛玉だった。指弾という。桔丹の刺客が持つ武器だ。いつでもどこでも使える指弾は、訓練でかなりの距離を飛ばせるし、威力もある。至近距離で目に打ち込まれたら、即死だ。

「そなたのおかげで助かった」

慶雅は、命の危機に遭遇《そうぐう》した人間とも思えない気楽な様子で、手の中の鉛玉を転がしている。見ているうちにむらむらと腹が立ってきた。

「あなたは、わかっているのか！　命の危機だったと……むぐっ」

がみがみと言いかけたとき、いきなり伸びてきた掌で唇を塞がれ、涼鸞は目を見開いた。

「皆が注目している。外では声を作れと命じたはずだぞ」

顔を近づけて叱責される。抱き込まれたまま、そろっと視線だけを動かすと、確かに庶人たちは一様にこちらを注視していた。中には、小屋掛けをしているときに香瑠亜を見ていた者もおり、あの美貌で聖帝の心を射止めたのか、あの手妻《てづま》で聖帝を助けたのか、と口々に話が広がっていく。

「これ以上注目の的になりたくなければ、輿に戻れ」

ようやく口から掌が外れ、涼鸞はそそくさと輿に戻った。慶雅も悠々《ゆうゆう》と輿に乗り、庶人たちに手を振りながら、何事もなかったように道中を続けた。

四方に下ろされた御簾の中で、涼鸞は膝に置いた手を握り締めていた。一連の出来事を思い出せば思い出すほど、胸が震える。慶雅と庶人たちの関係のことだ。

もしあそこで自分が賊の手を弾かなくても、きっと庶人たちが、聖帝を傷つけることを許さなかったはずだ。今は素直にそれが信じられる。

聖帝とは、いったいどういう存在なのだろう。

知りたいと思う気持ちが、ふつふつと湧いてきた。


口から口へ聖帝の愛妾の噂が広まっていき、涼鸞の美貌が伝わったものだから、舞いの舞台ができるのを、庶人も、兵も首を長くして待つことになった。行き帰りの道中にも、これまで以上に人が押しかけ、警備の者たちは汗だくになって押し寄せる庶人たちを整理するはめになった。

いったい何を考えているのか、と涼鸞はときおり慶雅をじっと見つめることがある。突如決定された舞人についても、慶雅の意図が未だにさっぱりわからない。知りたいとは思ったが、自分から問いかけるのにはまだ抵抗があった。

涼鸞が何を思おうと、事情は変わらず、毎日飾り立てられて、いやでも女装には慣れた。夜は彼の褥《しとね》に侍らされて、男の自分が喘がされ啼《な》かされている。これでは本当にただの妾ではないか、と自らの立場に焦燥《しょうそう》を覚えた。

なんとか呈鵲の置かれた厳しい状況を訴えようにも、話を逸らされてうまくいかない。聖帝について知りたい思いも空回りしている。

始終周囲に人がいるので行動の自由がなく、苛立ちが増す。逃げたいわけではない。ただ、叡清を擁《よう》して姿を隠している羅緊と連絡を取りたいと思っているだけだ。最初の打ち合わせからかけ離れてしまった現状を告げ、善後策《ぜんごさく》を話し合いたい。それによっては、叡清を返して、慶雅の頑《かたく》なになってしまった心を解く、ことになるかもしれない。

動くこともできず八方塞がりのまま、息が詰まりそうな毎日だった。

やがて舞台が完成した。占いで佳日《かじつ》が決まり、触書《ふれがき》で告知された。前日から人の流れが郡都を目指して動き始めている。噂が先行したせいで、涼鸞の美しさと舞いの見事さについては、辺境の翁《おきな》ですら知っていた。

その日、涼鸞は聖らかな白い衣装を纏わされた。上着も中着も裳も、すべて白。それに銀糸で牡丹《ぼたん》の模様が刺繍されている。光を浴びるときらきらと反射して、神々しかった。その衣装に身を包んだ涼鸞を、男だと見破れる者はいないだろう。いつもより少し濃い化粧が、涼鸞の本質をさらに見えにくくしている。

最後に慶雅から下賜《かし》された玉を吊すと、身支度は終わった。

聖帝の御座所は、幕を張り巡らせた舞台と向かい合った場所にある。やがて臨御《りんぎょ》の声が告げられ、御座所の御簾の奥に聖帝が着座した。それを合図に、舞台脇で楽が奏でられる。夥しい数の群衆が待ち受ける中、幕が上がった。舞台中央に、涼鸞が端座《たんざ》している。傍らに鞘に入った剣が置かれていた。戦いが続いていることもあり、演目は剣舞と決まった。剣は慶雅から渡されたものだ。柄と鞘に玉を散りばめた、神剣である。聖帝が守り刀として常に側に置く剣だと聞いた。刃は白剛石でできている。

それを舞いに使えと渡されたのは、天への祈りを後援するという意図なのだろう。

ひときわ高く太鼓が打ち鳴らされ、涼鸞は雑念を払ってすらりと立った。

周囲に晒された涼鸞の美貌に、群衆がどよめいた。

鞘から剣を引き抜き、陽光に刃を煌めかせながら涼鸞が舞い始める。戦勝を祈る、祈願の舞いだ。

剣を優雅に翻し、ときには鋭く突きを入れ、そしてまた緩やかな舞いの手を披露する。端麗な美女が勇壮に舞う姿に、見物人たちはうっとりと見惚れている。涼鸞もしばし屈託《くったく》を忘れて舞った。

ざわりと不穏な気配が伝わってきて、涼鸞ははっと眸を見開いた。舞い続けながら、眼下の群衆を窺う。多数の群衆が参集しているので、不測の事態が起こらないように一定の距離を置いて衛士たちが配置されていた。その衛士たちが今、一か所に向かって殺到している。押し退けられた庶人たちが、転倒したり悲鳴を上げたりして騒ぎが広がった。

衛士が駆けつける方向に涼鸞は、忠実な部下である羅緊を見出した。はっと振り向くと、いつの間にか御簾が巻き上げられ、にやりと笑う慶雅と視線が合った。途端に、慶雅の謀《はかりごと》の全貌が、ようやく涼鸞にも呑み込めた。慶雅は自分を抱いたあの翌日に、すでにこのことを計画していたのだ。

怒りを収め、妙に寛大な態度を見せるので、訝しく思ってはいたのだ。この舞台を催《もよお》すことで、羅緊たちを誘き出すことを目論《もくろ》んでいたとわかれば、すべて納得できる。女装くらいでにやついていたのではなかった、と皮肉な気持ちで唇が歪む。涼鸞は、それと知らされないまま、慶雅の手の内で踊らされていたわけだ。だが、

「させてなるものか」

舞いの手を止めて、涼鸞は舞台を囲む欄干《らんかん》に駆け寄った。抜き身の剣をひっさげたまま、身軽に飛び降りる。白い衣装がふわりとたなびいた。

涼鸞が自分たちの中に飛び降りてきたのを、見物人たちは呆然と見ていた。突っ立ったままの彼らの間を、涼鸞は一陣の風となって走り抜ける。彼の進む方向に、群衆の眸が動いた。

涼鸞は邪魔されることなく、目的の場所まで辿り着いた。すでに衛士たちが羅緊を囲ん

でいる。緊張を孕《はら》んだ包囲に恐れをなし、周囲にいた庶人たちが、じりじりと下がって空間ができていた。

間に合った、とほっとした思いの涼鸞は、囲みの外から「羅緊！」と声をかけ、突然の呼びかけにぎょっと振り向いた衛士たちの間を擦り抜けて、包囲の中に走り込んだ。

大刀はさすがに持ち込めなかったのだろう。短刀だけの羅緊を後ろに庇《かば》って、剣を構える。

「涼鸞様……」

羅緊が呟《つぶや》くのに、

「なぜのこのこ出てきた」

身構えたまま叱責《しっせき》する。

「涼鸞様と連絡が取れないまま日が過ぎて、どうしたものかと思案に暮れていたとき、奉納舞いの噂が耳に入ったのです。金髪の美女が舞うと聞いて、矢も楯も堪らず……」

「それが罠《わな》だというのだ。……人質はどうしている」

「無事です。丁重にもてなしています」

それを聞いて幾分ほっとした。これでまだ交渉の糸口は残っていることになる。

衛士たちは、二人を取り囲んだまま動かない。涼鸞は、突破できないかと相手の隙を窺った。だが、衛士たち以外にも、群衆の中にいた兵たちが駆けつけて囲みを堅固にしていた。

睨み合ったまま時が過ぎる。遠くから歓声が近づいてくるのが聞こえた。衛士たちの囲みが割れ、慶雅が姿を現す。

「物騒だな。そんなものを振り回しても、この重囲は解けないとわかっているだろう。下ろせ」

剣を構えている涼鸞を見て、慶雅が言う。

「羅緊を殺さないか」

「殺すほどなら、こんな大がかりな罠にはしない」

涼鸞は慶雅の眸を見つめ、そこに欺瞞がないことを確かめると剣を引いた。衛士が殺到しようとするのを制し、慶雅自身が進み出て剣を受け取る。

「舞台に戻れ」

行けと押しやる慶雅を、涼鸞は信じられないという眸で見た。

「こんな状態で、俺に舞えと！」

利用され、部下を誘《おび》き寄せられて捕らえられた。自分の存在自体が虚仮《こけ》にされている。

胸の中は沸き返る怒りで荒れ狂っているというのに、私心を滅《めっ》し、全身全霊で神へ祈る奉納舞いなどできるわけがない。

「奉納舞いを途中でやめては、非礼になろう。天の怒りを呼び寄せないためにも、最後まで舞うべきだ。部下の安全を思うなら」

意味ありげに言われて、涼鸞は羅緊を振り向いた。覚悟を決めた静かな視線を返してくる。何事も主に従うと決めた潔《いさぎよ》い眼差し。だからこそ、守らなければならない。

涼鸞は、火を噴きそうな激しい眸で慶雅を睨んでから、憤然と衣を翻して舞台に向かう。いいとも、今のこの怒りを舞いにぶつけてやろう。神の怒りなど知るものか！

「忘れ物だ」

それへ含み笑いをしながら慶雅が剣を投げる。研ぎ澄まされた刃がくるくると宙を舞い、悲鳴を上げる人々の前で、頭上に手を伸ばした涼鸞にはっしと握られた。その絶妙な間合いに、観衆から感嘆の吐息が漏れた。

身軽に舞台に飛び上がり、涼鸞は舞楽を始めるように合図する。

舞いは、同じ振り付けのはずなのに、先程までの優雅な舞いではなく、敵を刺殺せんばかりの鋭さを帯びていた。必殺の剣が面前の敵を突き、背後を倒し、左右を一閃《いっせん》する。

荒々しい闘技に、四囲の敵が倒れ伏すさまが眸に見えるようだった。

白い浄衣が翻り、朱唇から裂帛《れっぱく》の気合いが漏れる。結い上げられていた髪が激しい動き

にさっと解け、黄金の煌めきとなって背に流れ落ちた。舞い終わったあと天空に剣を翳して立つ涼鸞に、人々は勝利を司《つかさど》る美神の降臨を見た。

幕が下りて、涼鸞の姿を隠した。力を使い果たした涼鸞は、その場に頽《くずお》れる。一瞬早く、舞台に駆け上がっていた慶雅が、その身体を抱き留めた。

汗に濡れた額を拭われて、涼鸞は眸を開ける。

渾身《こんしん》の舞いに、いつの間にか祈りが籠もっていた。怒りは舞いの中で浄化され、故国の救済だけでなく、部下たちの助命だけでもなく、華王朝に勝利が訪れるよう、庶人が平和の中で憩えるように天に願った。自らの気持ちの変化は、涼鸞自身にもよくわからない。

「……祈った」

一言だけ告げて見上げる涼鸞に、慶雅はわかっていると頷く。

「見せてもらった。見事な舞いだった。悪いようにはしない」

請《う》け合う言葉を聞いて、ようやく涼鸞は安心したように身体の力を抜いた。全身全霊をかけた祈りが、涼鸞の体力を奪っていた。

慶雅はぐったりしたままの涼鸞を抱え、階下に下りた。用意されていた輿に乗って、宿舎の郡庁舎に戻る途中、次々と報告が入った。参集した見物人たちが、これで勝利は間違いないと、口々に語り合っていたことや、兵たちの士気が上がっていること。そして羅緊の仲間を捕らえたことなどだ。

宿舎に着く頃、叡清の無事も耳に届いた。一兎も二兎も追う作戦は、大成功だった。

気力を使い果たして横たわる涼鸞を、慶雅はじっと見下ろした。金色の髪に包まれた美貌は、疲労のために肌膚の艶を失っているが、端麗さは些かも損なわれていない。むしろ、僅かに浮いた影で艶麗《えんれい》さが増したように思える。

意識はあるようだが、身動きしないのは、瞼《まぶた》を開くのも辛いからだろう。舞い終わった直後の荒い息が、ようやく平常に戻りかけていた。

輿から室内へも、慶雅は涼鸞を抱いたまま入った。身の回りの世話をする私的な者たちは涼鸞の正体を知っているが、公的な場で控える侍臣たちは、知らない。ただの卑賤《ひせん》な妾だと思っている。その卑賤な妾を抱いて歩く聖帝に、眉を寄せていた。

呈鶻の王子だとばれるよりはいいと思い慶雅も否定しなかったが、そろそろ明らかにするべきだと考えている。

慶雅は、抱えてきた涼鸞を、褥に横たえた。女官長に、着衣を緩めるよう指図して、医師を呼び、薬を処方させた。涼鸞が眠りに落ちたのを確かめてから、あとを女官長に託して正堂へ向かう。正堂は政務を執《と》る場所である。常は郡府の大夫《たいふ》たちが詰めているが、今は臨時にここが聖帝の執務場所になっている。

今回の計画は、涼鸞を抱いたすぐあとに考えた。

叡清を人質に取られて激怒していたとき、涼鸞への扱いは無情だった。涼鸞がなんでもすると言ったときも、できもしないことを大言壮語すると腹が立つばかりだった。とことん貶めてやる、と怒りの中で陵辱《りょうじょく》した。

気が変わったのは、抱いてからだ。

貶めるつもりで抱いたのに、屈辱を堪え身体を差し出してきた涼鸞に、一度決めたことを翻さない真を見た。

身体中に自分の残した痕《あと》を散らし、淫猥《いんわい》な液で濡れそぼっていても、汚辱《おじょく》の中に沈まぬ華があった。

それは、しなやかで強靭《きょうじん》な精神を内包していることを想像させた。

怒りで抱いたはずが、いつの間にかその美体に夢中になった。さんざん嬲り尽くされた涼鸞には、迷惑なことだったろう。

そんな涼鸞を生んだ呈鶻に、興味を持った。仄かな好意さえ抱き始める。宝物庫にあった麟鉱石の玉を取り出して贈ったのは、好意の表れでもあった。だが……。

改めて慶雅が呈鶻との提携を考えようとしても、巡らせる思いはすぐに叡清に向かってしまう。叡清を奪われたまま盟約などできない。人質を取られて屈服するのはまっぴらだ。

そう思うとまた、自分を追い詰める涼鸞が憎くなった。

だめだ。まずこれを解決しなければ、その先には進めない。

慶雅は涼鸞たちの情報を集めさせた。小屋掛けしていた涼鸞の配下はどこに消えたのか。手を尽くしても行方《ゆくえ》はわからなかった。

「わからないなら、出てこさせるまでだ」

舞台を組み、金髪の美女が踊ると噂を流させた。涼鸞の周囲は厳重に見張らせているから、互いの連絡は取れないはずだ。心配した部下が様子を見に来ることは、十分に予想された。

ことが終わってみれば、事態は慶雅が考えた通りに運んだ。

涼鸞の部下を捕らえ、叡清も取り戻した。舞いの中に、全身全霊の祈りを込めた涼鸞の真も見極めた。

「これで改めて、関係を築ける」

何も聞かされていない涼鸞は逆に、すべてが終わったと思っているだろうが。

侍臣たちの反対を押し切って、正堂に涼鸞の部下を連れてこさせた。羅緊というその中の中心者に、呈鶻の状況を確認した。

「対等な盟約を結ぶような状況ではないのだろう」

指摘しても、羅緊は頷かない。はぐらかして、逆に涼鸞の安否を聞いてくる。なぜ女装して舞いを舞ったのか、不審でならないのだろう。

「涼鸞のことを聞きたければ、正直に話せ」

追求する慶雅に、羅緊は、主の許しがなくば自分には答えられない、と告げた。

「それでは盟約は叶わぬ。そもそも盟約は、互いに真を持って行うものだ。隠し事を胸に秘めていては、相手は不信となる。盟約が成っても、すぐに破棄《はき》される事態に陥るだろう」

慶雅としては、条理《じょうり》を尽くしたつもりだ。しかし、羅緊は黙り込んだまま返事をしない。

「もうよい」

さすがに匙《さじ》を投げ、彼らを下がらせた。見張りをつけて、一室に監禁させる。

今のところ慶雅が握っている呈鶻の情報は、断片的なものだ。何十年かに一度の使者の往来では、彼の国を知ることもできない。それほど遠い国で、これまでは関心を抱く理由もなかった。

涼鸞が身を擲《なげう》っても盟約を取り交わしたかったのは、故国が危機に晒されていたからだろう。ただ、遠路はるばるやってきて、これだけ迂遠《うえん》の華王朝と結ぼうとするからには、まだそれなりの戦略を働かせる余地はあるということだ。つまり国の滅亡は、近い将来に訪れることは確実だが、今日明日のことではない。

羅緊が口を噤《つぐ》むのは、涼鸞の意向がわからないせいだ。主従が顔を合わせたところで、真実を聞き出すしかない。

涼鸞の部下を下がらせるのと入れ違いに、人質となっていた叡清が衛士に付き添われて入ってきた。羅緊を見た叡清が立ち止まって、話しかけている。それに対して羅緊は首を振り、会話を拒んで一礼すると、出て行ってしまった。叡清は唇を噛んで、羅緊の後ろ姿を見送っている。

促されて近づいてくる叡清を、慶雅は注意深く観察した。異国のものではあるが清潔な服を着て、健康そうだ。涼鸞の部下は、大切に叡清を遇していたようだ。

「よく、無事で……」

慶雅は椅子から立ち上がり、抱擁《ほうよう》で叡清を迎えた。

「なりません。陛下のお慈《いつく》しみは有り難く存じますが、臣下をそのように抱擁なさってはなりません」

人質生活からようやく帰還したというのに、叡清は健在だった。こちらは想いが溢れてその情を表しただけなのに、さっそく苦言を言ってくる。あまりに日常そのままで、力が抜けた。

叡清はたちまち後ずさり、慶雅の手が届かない位置まで下がる。恭《うやうや》しく拝礼《はいれい》して、救出の手を打ってくれたことを感謝した。そのあとで、臣下に格別な情を向けてはいけない理由を述べ始める。

それでこそ叡清だと思いながら内心で微笑んだが、せっかくの感動には冷水を浴びせられた気がする。

「もう、よい、叡清」

滔々と述べている弁舌を途中で遮った。すると叡清は、優しげな眉をきりきりと吊り上げる。気色ばんだ叡清に、慶雅は静かに声をかけた。

「そなたの気持ちはわかっている。忠言も別の機会に聞こう。今はただ、よく戻ったとそなたに告げたいのだ」

柔らかい声だった。本当に叡清を案じていたからこその言葉。それを聞いて叡清は口を噤み、深々と頭を下げた。そして万感の籠もった表情で、感謝の眼差しを向けてきた。

「身の危険は全く感じませんでしたし、それどころか客として丁重に扱われました」

「そうか。それはよかった」

「あの者たちへ、寛大なご処置をお願いいたします」

叡清の言葉に慶雅は頷く。

「考慮しよう。そなたが案ずることはない。下がって休め」

叡清が下がったあと、慶雅は侍臣たちに、捕虜の扱いを丁重にしろと言い置いて、正堂を去った。

これで手駒は揃った。すべては明日、涼鸞が目覚めてからだ。

室へ戻ってみると、寝台の脇に付き添っていた女官長が、立ち上がった。

「健やかにお休みでした」

と報告する。医師の処方した薬は、あと数時間の眠りを保証していたが、この調子なら涼鸞の目覚めは朝になるのではないかと慶雅は思った。

熟睡している涼鸞の顔を確かめてから、慶雅はしばらく隣の室へ移り、机上の仕事に没頭した。


眩《まぶ》しい、と思ったのが涼鸞の目覚めだった。ぱちっと眸を開くと、慶雅の腕の中にいた。燭《しょく》は消されているのに、室内はぼんやりと明るい。もう朝なのだろうか。

抱き締められているせいで、こめかみに慶雅の寝息を感じる。規則正しく脈打っている心臓の音を聞いていると、再び眠りに引き込まれそうだった。

だめだ。

ひたひたと寄せてくる眠気を振り払った。何か考えなければいけないことがあったはず。昨日の記憶がさっと蘇る。反射的に上体を起こしていた。

「羅緊……」

あれからどうなったのだろうか。悪いようにはしないと言った慶雅の言葉が蘇る。聖帝として、偽言《ぎげん》を言うとは思われないが。

はるばるとやってきた目的は果たせなくなった。この身を犠牲にした意味も失われた。涼鸞は上掛けを摑んで項垂れる。自らの力のなさに脱力感を覚えた。それが、立ち上がれないほどの無力感に繋がらなかったのは、ここまで苦難の旅をともにした全員を故国に連れ帰る、という使命がまだ残っているせいだ。

これから呈鶻と桔丹の戦いは、本当の意味での総力戦になる。一人でも無駄死にさせるわけにはいかない。なんとか全員無事に故国に帰るのだ。

ぐっと拳を握ったとき、

「まだ早い。もう少し眠れ」

眠そうな声がして、腕を摑まれた。引き寄せられるのを、両手を突っ張って止める。慶雅が不満そうに片目だけを開けて、涼鸞を見た。

「なんだ」

「羅緊は……？」

「捕らえた他の者と一緒に、一室に閉じ込めてある。ちゃんと世話をされているはずだ」

「生きているのだな」

念を押した涼鸞に、慶雅は「当然だ」と答え、それ以上何も言わさないように突っ張った腕を外し、素早く抱き締めてしまった。

羅緊たちが生きているとわかれば、まずはいい。促されるままに、眸を閉じた。

次に眸が覚めたのは、周囲にざわざわと人が集まる気配を感じたからだ。あのまま、素直に眠ってしまったようだ。

薄絹を透《す》かして、侍官や女官たちが集まっているのがわかる。こちらが起きるまで、彼らはそうして待機しているのだ。侍官は慶雅の世話、そして女官は自分の世話を受け持つ。その区別になんの意味があるのかと悩んでしまう。ただの慶雅の気まぐれなのだろうが。

「仕方がない、起きるか」

先程から慶雅も眸は覚めていたようだ。涼鸞を放し、上半身を起こすと、大きく伸びをした。それが、侍臣たちが声をかけるきっかけになる。

「お目覚めでございますか？」

「ああ、起きているぞ」

慶雅が答えると、薄絹がさやさやと音を立てながら開かれていった。

この瞬間が涼鸞はいやだ。たいてい抱かれたあとそのまま寝つくので裸のことが多いし、素肌につけられた赤い愛咬《あいこう》のあとを晒したくもない。

しかし、否やを言うことはできないので、じっと我慢をしている。

今朝は、夜着を纏っていて、そういう意味では気が楽だ。医師に睡眠薬を飲まされたようだから、寝ている間に、女官たちが着替えさせてくれたのだろう。

慶雅は寝台の上で朝の身仕舞いをする。その間に、涼鸞は隣室で顔を洗い服を着替えさせられた。いつも通り、色鮮やかな女物の衣装が揃えてある。

吐息を零しながら、涼鸞はおとなしく飾り立てられる。顔と髪が終わると、お立ちくださいと促された。腰に飾り帯を巻かれ、慶雅に渡された玉を吊す。

自分で歩けると言っても、しきたりですからと女官長に手を引かれ、しずしずと慶雅の室に戻る。勢いよく闊歩《かっぽ》すると、たちまち女官長に窘められるのだ。歩幅は小さく、優雅に歩けと言われて、腰を痛めそうになったり、足が攣《つ》りそうになったりした。

今はなんとか女の歩き方になっているが、誰が嬉しいものか。

女官たちの傅《かしず》き方といい、誂《あつら》えられた衣装や飾り物を見る限り、妾《しょう》というより正妃の扱いに感じられる。自分は男だから、そんな扱いをされても困る。

一度、聖帝に正妃はいないのか、と聞いたら、いないという返事だった。聞いた途端、惜しいと思った。自国の王女なら、正妃としての格式は十分だ。しかし、その名を借りた涼鸞の妹の香瑠亜ですら、まだ十歳である。稚《いとけな》い彼女を差し出すなど、とんでもない。

「ああ、今日も綺麗にできたな」

慶雅の言葉に軽く眉を寄せる。毎日同じ台詞を言われているのだ。男を飾り立てて何が綺麗かと思うが、虚《むな》しいので反論はしない。

身仕舞いのあとは朝餐《ちょうさん》がある。しかし今朝はとてもそこまで待てなかった。女官長の手を押しやると、慶雅の側へ立った。

「お願いだ。これ以上焦らさないでくれ。羅緊たちの運命を思うと、じっとしていられない。この眸で無事を確かめたい。会わせてくれ」

また跪けと言われるならそうする、と言い募ったが、慶雅に素っ気なく退けられてしまった。

「そなたの部下は大事ないと言っただろう。信用しないのか？　すべては食事のあとだ。

私は空腹のまま重要な決断は下さない」

地団駄《じだんだ》を踏みたい気分だが、仕方なくぐっと堪える。慶雅に膝を屈してから、忍耐力が増したように思う。

ようやく連れ立って卓につき、少しずつ運ばれてくる料理を苛々しながら食べた。腹のどこに入ったのかさっぱりわからない。満腹になったのか、まだ空腹なのか。気もそぞろの涼鸞を見た慶雅は、仕方なさそうに食事を終わらせた。

侍臣に声をかける。

「準備はできているか」

「はい、待機しております」

羅緊たちのことだ。意識が、一気に先鋭化《せんえいか》する。じっと慶雅の顔を見つめ、彼らの吉凶《きつきよう》を読み取ろうとした。何しろ聖帝の恋童を拉致《らち》したのだ。咎《とが》めなしで済むとは思えない。それが軽いことを祈るだけだ。

「どうした。私の顔に何かついているか」

慶雅は凝視する涼鸞を軽くからかった。

「いや。何もついていない」

機知で返すことなどできない涼鸞は、律儀にそのまま答える。

「では、私の顔が好みだから見ているのか」

そんなわけがないだろう、と喚《わめ》くことができたら、どんなに気がすっとするだろう。こちらの焦りを見透かされているのはわかっていたから、押し殺したような声で答えた。

「いや、好みの顔は別にある」

たちまち近侍していた者たちが気色ばんだ。自分たちの聖帝を馬鹿にしたと取ったのだろう。涼鸞にすれば、男の顔を好みだなんだとばかばかしい、と思ったからそう返事をしただけだ。

「それは残念。私は涼鸞の顔は好みだな。抱き心地もいいし、極上の貴妃だと言っておこう」

熱《いき》り立つ近侍を制して、相変わらず慶雅は飄々《ひょうひょう》とした表情で答える。その内容に、涼鸞は屈辱で歯噛《はが》みする。顔が好みではないと言ったことへの報復なのだろう。人前で夜のことに触れたのは初めてだ。穏やかな顔を崩してはいないが、かなり気に障《さわ》ったのかもしれない。

直言すれば相手の機嫌を損なう、といって追従《ついじゅう》など知らない涼鸞である。口を噤むしかない。ぎゅっと唇を引き結び、事態の進展を待った。早いか遅いかはともかく、慶雅が捕虜たちに会うつもりでいることは間違いない。彼らの無事を見てから釈放を嘆願しよう。

いくら焦っても軽挙妄動《けいきょもうどう》では、目的は果たせない、としっかりと自分に言い聞かせた。

挑発に乗らない涼鸞をからかうのに飽きたのか、慶雅が立ち上がった。侍官を先頭に別室へ向かう。涼鸞は初めて足を踏み入れるが、ここが正堂である。

広い部屋の周囲には夥しい数の書類が収納され、中央の螺鈿《らでん》細工の卓が、聖帝の座所だった。すでにその前に数人が座っている。縄はかけられておらず、罪人の扱いではない。見たところも元気そうだ。涼鸞はひとまずほっとする。

聖帝が入ると、彼らは礼儀として直視しないように頭を低くした。聖帝の着座を待ってから、侍臣が顔を上げるようにと声をかける。

「殿下……」

聖帝の傍らに、着飾って貴妃のように従っている涼鸞を見て、羅緊たちが驚いたように目を見開いた。彼らにすればわけがわからないだろう。盟約を訴えるために忍び込んだはずが、その後ぱたりと連絡が絶え、かと思えば戦勝祈願の舞いを舞っている。聖帝の側にいるのを見れば厚遇《こうぐう》されているようであり、だとしたら女装しているのはどうしてだ。

羅緊の思いなど、涼鸞には手に取るようにわかる。小さいときから一緒に育ってきたのだ。年は自分の方が若いが、供ではなく友だと思っている。羅緊は信頼に値する男だ。剛直で忠誠心が厚く、涼鸞のためならあっさりと命を投げ出す。

だからこそ、羅緊を救い自分も救うことを考えなければいけない。

涼鸞は内心の苛立ちを堪えながら、慶雅が口を開くのを待った。彼の意向がはっきりしないことには、打つ手もない。

「さて、昨日そなたは呈鶻の実情について語らなかった。主の許しがないから、と言い訳をしていたが、そなたらの主はここにいる。これならどうだ」

慶雅は緩く袖を振って涼鸞を示した。

何を言い出す気だ？

涼鸞にはまだ慶雅の意図は呑み込めない。

慶雅は続いて、左右に居並ぶ侍臣たちに、彼が呈鶻の王子であることを明かす。侍臣たちは驚愕したように涼鸞を見た。男と言われても、とてもそうは見えない美貌なのだ。しかも女装だ。

戸惑いの表情で見ている彼らと同様、涼鸞も首を傾《かし》げる。呈鶻の王子であることがわからぬように変装する必要があると言われて、女装を強いられたのではなかったか？

桔丹の手先はここに集まっている者の中にも、きっと紛れているはずだ。自分のことは明日にも桔丹側の知るところとなる。

桔丹は両国に盟約が成立したと判断し、挟撃《きょうげき》される前にどちらかに短期決戦を挑んでくるだろう。片方を潰しておけば、後顧《こうこ》の憂《うれ》いなく、もう一方に対処できる。

この場合、撃破されるのは呈鶻だ。盟約のない故国は後ろ盾もないまま圧殺される。

涼鸞の明晰《めいせき》な頭脳はそこまでは読む。

だがそうして呈鶻を潰して、華王朝側になんの益があるだろう。呈鶻を潰したあと、桔丹の反攻に手を焼くだけだ。

慶雅の思惑がわからない以上、まだしばらくは成り行きに任せるしかない。問いかける羅緊に、涼鸞は話してよいと頷いた。涼鸞の許可を得て、ようやく羅緊が口を開く。

「申し上げます」

桔丹の侵入から苦難が続いている呈鶻の実情を語る。桔丹の侵入により、じりじりと押され国境にある邑が失われつつあること、手をこまねいていては、剽悍《ひょうかん》な桔丹の騎馬軍団に国土のすべてを踏みにじられてしまうだろうことを。

「今このとき、華王朝と桔丹が戈《ほこ》を構えたと知って、急行してまいりました」

これこそが千載一遇《せんざいいちぐう》の好機と廟堂《びょうどう》で決定され、使者が派遣されたのだと、真摯な言葉で告げた。

旅程のほとんどを馬上で過ごしたと、なんでもないことのように羅緊が話すのを聞いて、侍臣たちは驚き、呆れた顔をする。旅亭《りょてい》ごとに馬を買い換えたということは、それだけ馬を乗り潰したことになる。馬上で生まれたような彼らにしても、さすがに疲労困憊《こんぱい》したことだろう。

「こちら側から桔丹を攻めていただければ、我が国も総力を挙げて決戦を挑みます。そうすれば、きっと桔丹の力を四分五裂に引き裂くことができるでしょう」

羅緊はそう締め括った。

侍臣たちはそれぞれの思惑を胸に上らせながら、固唾を呑んで聖帝の言葉を待つ。果たして聖帝は、禁を破って、皇帝の職責《しょくせき》である外交を侵《おか》そうとされるのだろうかと。

正堂内はしんと静まり返った。

もしかして、と涼鸞は微かに希望を持った。盟約が不可ならば、ここまでの経緯は必要ない。捕らえた羅緊たちをただちに処刑すれば済むことだ。

正堂内は針が落ちても聞こえそうな静寂に包まれている。慶雅はおもむろに一同を見た。

「呈鶻と、盟約を交わす」

堂内にため息が漏れる。呈鶻側からすれば安堵の、侍臣たちからは懸念の。

皇帝の職責である外交に聖帝が口を出すのは、禁忌《きんき》である。あえてそれをするのは不信任を突きつけることになり、内外に、皇帝を罷免《ひめん》するのかという疑いを招く。一番疑心暗鬼になるのは皇帝のはずだ。果たして皇帝がどう出るか。

侍臣たちは、皇帝との調整をどうするかに思いを巡らせ始めるが、涼鸞にとっては信じられない慶雅の決断だった。

「しかし、それは……。いいのか」

口籠もり、真意を確認する。確かにそれを求めてここまでやってきたのだが、こちらは聖帝を謀《たばか》り人質を取った。真がないと退けたのは慶雅の方だ。

「そう決めたのだ」

頷いたあと、慶雅はただちに実務上の討議に入った。呈鶻への使者が急を要する。

「涼鸞には残ってもらう」

最初に条件を出され、涼鸞は頷いた。当然のことだ。

討議の結果、羅緊が使者として行くことになった。膂力に優れ、腕も立ち、弁舌の能力もある。途中敵地を抜ける必要があるので、難しい任務となるから、適任は彼しかいない。

「羅緊、頼む。皆が待っているはずだ」

涼鸞の言葉に羅緊は力強く頷いた。希望の光が見えているので、羅緊の表情も明るい。

慶雅から、華王朝内を自在に行き来できる割り符を受け取り、涼鸞の期待を背に、羅緊は旅立っていった。数人の部下が従っていく。時間との競争だ。行きと同じく馬を乗り潰す苛酷な旅になるだろう。

慶雅は、自分の侍臣たちに言う。

「さて、皇帝をどう説得するかだな」

ひとりが、

「更迭《こうてつ》をお望みですか」

と堅い声で尋ねた。慶雅は首を振る。

「まだそこまでは考えていない。だが、このままますい戦を続けさせる気もない。皇帝が率《ひき》いているのは、私の民たちなのだ」

慶雅がここにいるのに、皇帝は前線から眸が離せないという口実を設け、挨拶《あいさつ》にも来ていない。それには侍臣たちも聖帝を軽んじているとして、不快感を持っていた。とはいえ、戦争中の今、内訌《ないこう》は好ましくない。

「穏便に計らう方法がないか、工夫してみよ」

そう言って慶雅はひとまず侍臣たちを去らせた。

正堂から私室に引き上げるまで、涼鸞は話したいそして聞きたいという欲求を抑え続けた。しゃべり出したら止まらなくなりそうなのだ。

盟約は成らぬと否定した上、恋童を奪ったことで激怒していた慶雅が、どうして前言を翻したのか。気が変わった理由はなんだったのか。

盟約を交わせない理由として慶雅が真っ先に上げたのは、真がないということだった。その真を涼鸞が示したと認めたから、盟約を決断したのではないだろうか。つまり、自分を評価してくれたことになる。それが嬉しい。とても嬉しい。

跪かされ、身体を開くよう強要され、屈辱に歯を食い縛ったことも、今は頭から消し飛んでいた。沸き立つような歓喜で胸が躍《おど》っている。視界が開け、世界が輝いて見えた。

私室に入るとただちに質問責めにしようとした涼鸞を、慶雅は制した。

「今そなたが見たことがすべてだ。羅緊が帰ってくるまで、盟約について語ることはない。それより、前線に行く。着替えてくるがいい。そのぞろりとした服では、馬に乗れないだろう」

前線に、行く……？

抱いた疑問を口にする前に、追い立てられる。戸惑ったまま、涼鸞は控えていた女官たちに連れていかれ、飾り物を取られ、帯を解《と》かれた。差し出されたのは、征衣《せいい》だ。軽快な戦闘服に、皮の胸甲《きょうこう》をつける。

その頃になって、微行《びこう》なのだ、とようやく腑に落ちた。丁大せよと言って返された侍臣たちは、室内で難問に呻吟《しんぎん》しているはずで、まさか聖帝がその間に前線に出てしまうとは思いもしないことだろう。

そう言えば、慶雅と出会ったのも邑内だった。そぞろ歩いていた彼が聖帝とは、まさか思いもせず……。

破天荒《はてんこう》な慶雅の行動に、周囲の臣たちはさぞ振り回されているだろう。華王朝の高官たちに同情し、思わず笑ってしまった。女官たちが、ほうっとため息をついて見惚れるほど、晴れやかな笑顔だった。

いいとも。慶雅が前線に出るというなら、従う自分がその身を守ろう。

長靴を履き、何度か足踏みをして靴を慣らす。最後に玉を差し出されて、

「この衣装でつけるのか？」

とまたもや笑った。今は何を見ても聞いても、心が弾む。浮かれているという自覚はあった。使命を果たせた達成感と、慶雅に認められたことが、多幸感をさらに深めていた。

「その玉は、国宝でございます。みだりに宝物庫から取り出せるものではございません。それを贈られた陛下のお気持ちをお汲《く》み取り遊ばして、大切におつけくださいまし」

女官長は真面目な顔で頷き、いつもよりやや短めに帯に吊した。国宝と聞いて、落ち着かない気持ちになった。これが慶雅の気持ちだとしたら。

胸の奥にぽっと灯りが灯る。

「お美しゅうございます。姫様のときは女らしく、今のお姿だとたいそう凜々《りり》しい殿方に

おなり遊ばしますね。眼福《がんぷく》をさせていただきました」

恭しく頭を下げる女官長の言葉に、面映《おもは》ゆい気持ちになりながら歩き出すと、勇ましい征衣に不釣り合いな玉が優雅に揺れた。

元の部屋に戻ると、慶雅も着替えを済ませていた。

近侍が長槍を捧げて脇に立っている。その正面に立つ細身の文官に気がついて、涼鸞は思わず足を止めた。長袖、長袍。乱れなく髪を整えた横顔は清雅《せいが》で、爽《さわ》やかな風に包まれているように見える。

あれは、慶雅の恋童の叡清だ。恋童が奥向きだけでなく表にも出てくるのか、と訝りながら、無意識に胸を押さえた。理由もわからないままに、急速に多幸感が消えていく。

彼らは顔を寄せ合って、何やら睦まじく話していた。叡清が何か言い、慶雅が首を振る。しかし、笑顔だ。叡清が何を言っても、慶雅の顔から笑みが消えることはない。

涼鸞は瞬きひとつせずにそれを見ていた。いきなり世界が光を失ったように感じた。

どうして自分はここで、息を潜《ひそ》めて立ち尽くしているのだろう。なぜ歩いて彼らの元に行かないのか。

涼鸞は胸に置いた自分の手をぼんやりと見つめた。

胸を押さえている？　自分でしていながら理由がわからず、訝って、ようやく胸がしくしくと痛みを訴えていることに気がついた。

この痛みはなんなのだ。

邑内で彼らを見たとき、主従の間に情が通っているのを感じた。慶雅は叡清を気にかけていたし、叡清も絶対の忠誠を誓っているように思えた。まさに恋童。

そう思い、だからこそ人質として押さえるには彼がいいと判断したのだ。

結果的にその決断が、慶雅からの好意を断ち切ったと言っていい。慶雅の深い情意を読み切れなかった自分の不覚だった。

無事に慶雅の元に戻ったとはいえ、涼鸞としては拉致した叡清に罪悪感を持っている。

胸の痛みはそのことへの後悔から？

首を傾げて考え、いや、今胸が騒がしいのは、それとは違った感情のように思える。

こうして近くで見れば叡清は、童というほど幼くはないが、それでも十分に麗質を保っている。

麗しい君臣の繋がりのようでいて、叡清を恋童と知っている涼鸞には、仲睦《なかむつ》まじさだけが目についた。

だが昨夜、帰ってきた叡清を差し置いて、慶雅と同衾《どうきん》したのは自分だ。

思わずそう考えたことに、狼狽する。それではまるで、叡清と張り合っているようではないか。馬鹿な、張り合う必要がどこにある。彼は慶雅の恋童で、俺は……。俺はなんなのだろう。慶雅にとって、俺は……。

慶雅が顔を上げた。眸に動揺を浮かべて立ち尽くしている涼鸞に、どうした？　と眉を上げながら、手招きした。

我に返った涼鸞は、軽く首を振って埒《らち》もない感情を振り払う。わざとしっかり足音を立てて近づいていった。

「なかなか凜々しいではないか」

近くに立った涼鸞を眺め下ろして、いつもの軽口だ。しかし今はそれを軽妙に受け流せない。胸の奥が複雑に騒ぐ。凜々しいと言われたことに仄かに喜びを覚え、そんなことを思うのがおかしいと意志の力でそれを押し殺す。口許に浮かびかけた笑みが、途中で消えた。

一度涼鸞に眸をやった慶雅は、すぐにそれを叡清に戻した。涼鸞の態度に不可解な陰影を見たのだが、それを咎める前にまず叡清を説得しなければならない。

小人数で前線に行くと聞きつけた叡清が、諫言《かんげん》しているのだ。

「だからな、叡清。これはただの巡察なのだ。戦場での士気がどうなっているか、直に見なければわからない。指揮を執る者への憤懣がどれほどのものか、桔丹との決戦に差し支《つか》えはないのか。必要以上に桔丹に近づくつもりはないから、危険もないだろう」

「巡察が聖帝陛下のお役目とは思いません。戦場で指揮を執っておられる皇帝陛下が、十分に把握しておられるはずです。また聖帝陛下を危険に晒すことは、兵の動揺を誘います。どうしても行くと仰《おお》せでしたら、一旅（五百人）をお連れください」

　叡清は譲らない。慶雅は吐息を零す。

「一旅では目立ちすぎだ。小人数で微行することが肝要《かんよう》なのだ」

「計略は俺にはわからないが、小人数で出向くのが必要だというなら、必要なのだろう。それを阻《はば》むのは臣下の役目ではないはずだが」

　押し問答を聞いていた涼鸞が、横から口を挟んできた。急に何を言い出すのか、と慶雅は驚いたが、叡清は落ち着いた眸を涼鸞に向けた。柔らかな眼差しでじっと見ているのは、言われた内容を自分なりに考えているのだろう。

　やがて納得したのか、叡清は涼鸞に微笑《ほほえ》んで拝礼してから、慶雅に向き直った。

「確かにその通りです。御身大切とだけ考えて諫言したわたしは、間違っていました。では陛下。わたしもお連れくださいますよう、お願いいたします」

　叡清に深々と頭を下げられて、慶雅は困惑した。危険はないと言ったが、実はある。慶雅は桔丹の先遣隊《せんけんたい》の近くまで出向くつもりでいたのだ。

「……そなたには留守居をして欲しかったのだが」

「危険はないとおっしゃいました。でしたらわたしがお供しても問題はないはずですが」

叡清に突っ込まれると、慶雅はうっと詰まった。全く、この臣だけは持て余す。どうしたものかと考えていると、またもや涼鸞が口を開き、叡清に尋ねた。

「馬には乗れるのか」

「乗れます」

叡清が頷くのを見て、涼鸞は慶雅に言った。

「お連れになるがいい。あなたは恋童を守り、俺はあなたを守る」

「……恋童?」

訝しげに叡清が呟く。まずい、と思った慶雅は大きな声で、その呟きを消す。

「わかった、そうしよう」

勢いよく頷いて、着替えてこいと叡清の背を押した。叡清は疑り深そうに慶雅を見る。

「わたしをお待ちいただけるのですね」

以前にも痛い目に遭《あ》っている叡清は、待つと返事をもらうまでは動かない気だ。この手はもう効かないか、とため息をつきつつ、慶雅は「待とう」と頷いた。

叡清が足早に去ったあと、慶雅は椅子に背を預けてやれやれと顔を覆った。

「叡清は連れていきたくなかったのだ。微行を嗅《か》ぎつけられるとは思わなかった。いったいどこに耳目《じもく》を備《そな》えているのか」

「なぜ、連れて行きたくないのだ」

尋ねる涼鸞の声に不明瞭な響きを感じて、慶雅は顔を上げた。視線が合うと、涼鸞は微妙に逸らす。これまでは何事も真っ直ぐにぶつかってきていたのに、どうしたのか。

気にしながらも、答えた。

「万一のとき、叡清は私の盾になる気だ。身を挺《てい》して救われてもあれを失ったのでは、ちっとも有り難くない」

「先程も言った。あなたが恋童を守ればいいのだ。俺は、恋童を守るあなたごと、命を賭して守ろう」

慶雅は微妙に視線を逸らし続ける涼鸞に、ますます訝しさを感じる。守ると言ってくれた気持ちは嬉しいが、叡清の代わりに涼鸞が盾になるのも、慶雅的には大いに困るのだ。

しかしまず、制止しておかなければならない言葉があった。

叡清に面と向かって涼鸞が「恋童」と言ったとき、思わず冷や汗が出た。叡清は自分がそう呼ばれていると知ったら、断固として否定し、慶雅にもその確認を求めるだろう。それは絶対にまずい。もう少し叡清には、恋童でいてもらわなければならない。

「その、恋童、という言葉は、叡清の前では控えてもらいたい。叡清は諫言の士であろうと自らを律《りつ》している。恋童と公に言われたら、侮辱されたと感じるだろう」

「……承知した。慎もう」

そのやり取りの間、慶雅は涼鸞の真意を見抜こうと、じっと挙措《きょそ》を観察していた。

慶雅は、叡清を取り戻し、すべてを白紙に戻した状態から改めて呈鵲との盟約を考えたのだが、その流れを知らなければ、唐突に感じられたかもしれない。現に、私室に帰ってきたばかりの涼鸞は、なんとか話しかけようとしていた。慶雅の翻心《ほんしん》の理由を知りたかったのだろう。

ところが今は、微妙に避けられている。側にいても距離を感じた。そのくせ、命を賭しても守ると言う。

守ると言ったのは、盟約が成った感謝と、盟約を交わす当事者に何かあっては困るという思いからだろう、と慶雅はあえて深刻に受け取ることを避けた。

それはいいとして、この態度の変転はどうして起こったのだ？　着替えに行く前と今と。行動が一貫していないではないか。

慶雅が訝しむのはそれだ。

　一方でそれを考えながら、慶雅は出かけるための指示を出していた。

従うのは近衛の精鋭十騎。全員馬術に秀《ひい》でていることを条件に選別した。この偵騎《ていき》は、戦うより情勢を見るのが目的だからだ。微行をできれば皇帝には悟られたくない。そのための小人数なのだ。

　叡清が来るのを待って馬場に向かう。

　並んで歩きながら、涼鸞が叡清に話しかけているのが聞こえた。

「そなたを人質に取ったこと、心から謝罪する。羅緊には命じておいたが、不自由はなかっただろうか」

「謝る必要など、ありません。わたしは客として大切にされていました」

「それでも、言い分を通すのに人質を取るのは卑劣なやり方だ。真を求めるなら、他の方法を考えるべきだったと今では反省している」

　一国の王子が、他国の陪臣《ばいしん》にこれほど率直に非を認めたことがあるだろうか。

　聞いている慶雅にも清々しく感じられた。なのに私に対する態度はどうだ。

　不満を燻《くすぶ》らせながら馬場に出ると、近衛隊が待ち受けていた。慶雅を見て、彼らは一斉に騎乗した。慶雅の馬は額に星を抱く黒馬である。叡清と涼鸞にはやや小柄な馬が用意されていた。

叡清はすんなり馬に跨《また》ったが、涼鸞は、自分用の馬をちらりと見ただけで、手綱を受け取らなかった。そして囲いの中に放たれている馬に向かって、つかつかと歩み寄っていく。

「涼鸞？」

慶雅が呼ぶと、首だけ振り向いて言い捨てた。

「その馬では、万一のとき役に立たない」

そのまま歩み去る涼鸞を心配して、叡清が慶雅の側に馬体を寄せてきた。

「陛下、彼は何を……」

心配そうな言葉が途切れた。涼鸞の視線の先にいる馬を見て、叡清が息を呑む。

「まさか、汗血馬《かんけつば》を？」

大宛《フェルガナ》という国に産する名馬の血統である。馬体が大きく、胴体は引き締まって脚が長い。昔から汗血馬は千里を走ると言われている。ただし、どの馬も気性が荒く馴らすまで大変な手間がかかる。

その一頭が今柵《さく》の中で闊歩《かっぽ》していた。まだ手綱も鞍《くら》もつけていない。涼鸞は真っ直ぐにその馬に向かっていくのだ。

馬丁が焦ったように走っていった。聖帝陛下の部下に何かあったら大変だと止めに行ったのだ。しかし、涼鸞は制止する馬丁を押しやった。ひらりと柵を乗り越え、馬に向かって歩き続ける。

白馬だった。近寄ってくる涼鸞を警戒して、純白のたてがみを揺らしている。だが逃げようとはしない。馬が威嚇《いかく》するようにかつんと蹄《ひづめ》で地面を蹴ったとき、涼鸞はもう手が届くところまで来ていた。

「陛下、なぜお止めにならないのです」

「涼鸞は騎馬民族、呈鶻の王子だ。馬の扱いに疎漏《そろう》があるとは思えない」

しかし馬は、今にも蹴り殺しそうな殺気を発している。背後にいる近衛兵たちも、ざわざわと落ち着かない。彼らは、あの美貌が血を流して倒れるところなど見たくないのだろう。しかし、慶雅の言葉がないため、動けない。

慶雅は、涼鸞がその美貌から想像されるような、見かけ通りの柔でないことは知っている。ただ、あの汗血馬は特別気性が荒いと報告を受けた馬だ。万一のときは助けに行く心積もりをしながら、じっと見ていた。

馬の近くまで、涼鸞は無造作に近づいていった。それが逆に馬を惑わせたのだろう。追い払うか、逃げるか。逡巡《しゅんじゅん》する間があって、次の瞬間には涼鸞はたてがみを摑んでその背に乗っていた。

馬は仰天して竿《さお》立ちになる。

「危ないっ」

叡清が悲鳴を上げ、駆け寄ろうとするのを、脇から手綱を摑んで慶雅が止めた。

「陛下、放してください……っ」

「そなたが行っても、邪魔になるだけだ。見ろ、涼鸞は落馬していない」

慶雅に言われてそちらを見ると、確かに馬は何度も竿立ちになって、乗っている涼鸞を必死で振り落とそうとしていたが、できないでいる。鞍も手綱もなく、ただたてがみを摑んで、膝で胴を締めているだけの涼鸞が馬を制しているのだ。

力比べは、しばらく続いた。次第に馬が汗を搔き始める。流れる汗が血のような赤に見えて、

「まさに汗血馬……」

と誰かが呟いた。

最後に後ろ脚を跳ね上げて抵抗を示したあと、馬はぶるぶる震えながら立ち止まった。涼鸞が前に屈むようにして、馬に言い聞かせている。馬はいやがって、耳をしきりに動かし、鼻を鳴らすが、さっきまでの暴れようが嘘のように、じっとしていた。

涼鸞は最後に宥《なだ》めるように何度も首筋を撫で、軽く馬腹を蹴った。馬が屈服したのが、はっきりわかった。促されるまま歩き出したのだ。足と手で、進む方向を指示した涼鸞に、

馬は言われるまま馬首を巡らせ、慶雅たちの許へやってくる。

側で見ると馬も涼鸞もびっしょり汗を掻いていた。柵の手前で飛び降りた涼鸞は、

「この馬がいい」

と慶雅に告げた。

「いいだろう。そなたが従わせた馬だ」

慶雅は馬丁に、鞍と手綱を持ってくるように言った。ついでに、と涼鸞が長い鞭を所望する。馬丁がそれらを取りに行っている間に涼鸞は、馬の汗を丁寧に拭って綺麗にしてやった。叡清も近衛兵たちも称賛《しょうさん》の眼差しで、汗血馬を手懐けた涼鸞を見ている。

馬丁が戻って来た。慶雅は、受け取った鞭を鞍下に納める涼鸞をおかしそうに見た。

「また妙技を見せてくれるのか」

以前、見せ物小屋で披露した技のことを、揶揄したのだ。

「鞭は、我々にとって必需品だ」

ぴしりと言われ、慶雅はそれ以上からかうのをやめた。

多少の遅れは出たが、一行は前線目指して出発した。

叡清は、あっという間に悍馬《かんば》を馴らした涼鸞を尊敬したらしい。近くに馬を寄せて、何やら話しかけている。

慶雅は眉を寄せながら、それを見ていた。恋童と言うなと涼鸞に釘は刺したが、叡清にはまだ事情は話していない。涼鸞を抱いたことも、成り行きで叡清が恋童になっていることも。

何かの弾みで双方への欺瞞がばれると、どちらからも詰《なじ》られる。非常にまずい、と思いながら、彼らを引き離す理由が思い当たらなくて苦慮する慶雅だった。しかもあの仲のよさそうな雰囲気はどうか。

「私は嫉妬《しっと》するぞ」

ぶつぶつと呟いた。

しかしそんなよそ事を考えていられたのも、禁軍の最後尾に着くまでだった。遠望して輜重隊《しちょうたい》の旗指物《はたさしもの》が見えたときから、彼らは無言の隊となった。馬に枚《ばい》を含ませ四方に気を配りながら自軍を迂回《うかい》して、両軍が対峙している平原が見下ろせる丘を目指した。

その間、慶雅は兵の気息を窺っている。自軍の戦意はどうか。敵軍から伝わってくる気迫はどうか。

全神経を尖らせる。傍らで、涼鸞も同じことをしているのを感じた。王子として兵を率い、出撃した経験があるのだろう。意識を研ぎ澄ましているときの涼鸞は、いつにもまして美貌が冴え渡っている。

昔、古代のある王は、出撃すると、あまりの美貌に敵味方とも戦意を喪失《そうしつ》して、戦にならなかったと聞く。戦場に涼鸞が出たときも、同じような現象が起こるのではないだろうか、とふとそんなことも思った。

途中で何度か自軍の伝令に行き合った。誰何《すいか》されて合い言葉を言うと、それ以上咎め立てはされない。

慶雅は眉を顰《ひそ》めた。

合い言葉が敵に漏れていたらどうするのだ。易々と本陣まで進まれてしまうではないか。通り一遍の警戒しかしていないところに、士気の緩みを感じる。戦闘命令が出ても、これではかばかしい戦果は得られないだろう。

屯営《とんえい》の隙間を狙い、突破して右手の丘に至った。両軍を見下ろしたとき、涼鸞が難しい顔をして慶雅に言った。

「一度配置換えをして、人心の一新を図った方がいい」

「戦えぬか」

「戦えば負ける」

はっきり言ったあとで、涼鸞は付け加えた。

「桔丹の陣にも緩みはある。だが敵地ということで、警戒心は完全に解いていない。その差が勝敗を分ける」

慶雅と同じ考えを持ったようだ。情勢判断が的確なところを見れば、もしかすると涼鸞は、呈鶻軍で将軍の地位にいるのかもしれない。純白の汗血馬に乗る涼鸞は、凜として鮮烈な存在感がある。将軍として滞陣《たいじん》していれば、さぞ派手やかに自軍を彩ったことだろう。

慶雅の合図で丘を下りた。背後にいた叡清が慌てて前に走り出てくる。

「陛下。方向が違います。そちらは敵陣へ向かう道です」

「これでよいのだ。私の後ろからゆるゆるとついてくるがいい」

笑いながら慶雅が言ったことで、叡清は聖帝は最初からこうするつもりでいたことを察した。

「御身の大切さをなんと心得ておられるのか」

嘆く叡清を下がらせて慶雅は馬を走らせた。慶雅の傍らにあった涼鸞が、叡清の側へ馬を寄せていく。

「そなたの聖帝はすべてを考えて行動している。心配することはない。万一があっても、俺が必ず守護する」

特に声を慎んだわけではないから、慶雅にもよく聞こえる。

いったいなぜ、私の行動を涼鸞が叡清に弁解しているのだ？

仄かにおかしみを感じ、同時に何やら胸がもやもやしてくる。まるで叡清を案じるから自分を守ると言っているように聞こえるのが、気に入らない。叡清は恋童なんだぞ。嫌悪するとか、避けるとか、……嫉妬するとか。するわけがないか。

思って虚しさに嘆息した。

丘を下れば、桔丹軍の側面に出る。ここでは巡回の兵に遭遇しないよう、十分な注意が必要だ。これまで以上に気配を潜めて、右翼に近づいていった。

「一当たりしてみたいものだが」

慶雅が呟いた途端、叡清だけではなく近衛兵たちも血相を変えて制止する。

「だめか?」

さすがにこれ以上無理は通せない。不意打ちに遭遇したとき、桔丹軍がどう対処するかを見たかったのだが。

心残りだが、ここまでにした方がよさそうだ。前線に出て彼我《ひが》の空気は摑んだ。双方ともに兵気が衰《おとろ》えていることがわかっただけでも、よしとすべきだろう。

そう考えて馬首を返そうとしたとき、涼鸞が進み出た。

「俺が行ってみよう」

涼鸞は、軽く馬腹を蹴って走り出す。

「林で、落ち合おう」

待て、と止めようとしたときにはすでに遅く、涼鸞は左手にある疎林《そりん》を指したあとは、まっしぐらに敵陣に向かって疾走《しっそう》していた。

「馬鹿な！」

慌てて慶雅があとに続こうとするのを、叡清と近衛兵たちが必死で止めた。全員で前に立ち塞がれて、慶雅はぎりぎりと奥歯を嚙み締める。

「陛下。涼鸞様は林でと言われました。きっとすぐに駆け込んで来られます。移動しましょう」

叡清が懸命に言う。慶雅は、土埃を上げて遠ざかる涼鸞を睨みつけた。あそこまで届く腕があったら引き戻すのに、と歯嚙みするばかりだ。余計なことを言わなければよかったと、悔やみながら凝視を続ける。叡清が「疎林へ」と言っているのも耳には届かない。

立ち尽くす慶雅に、周囲の者は困り果てていた。敵陣の間近なのだ。

駆け寄ってくる一騎に、桔丹の陣も気がついたようだ。ざわざわと動きが見える。ただ、一騎ということで、意図を計りかねたのだろうか。矢を放つ様子はない。

桔丹の陣の目と鼻の先で、涼鸞は斜めに方向を変えた。平行してしばらく走らせると、大きく迂回して、今度は遠ざかっていく。その間、ついに一矢も放たれなかった。

慶雅は胸を撫で下ろす。剛胆な行動の裏で、涼鸞は相手の出方を予想していたのだろうか。あれほど迫っても、射掛けてはこないと。

しかし、涼鸞が通り過ぎたあたりから、ばらばらと追撃者が出始めた。慶雅は、涼鸞が告げた疎林に馬首を向ける。涼鸞が走り込むと同時に、追っ手を撃退し、引き返さなければならない。

慶雅が動いたので、警護の兵たちはほっとして、彼を擁護するように周囲を囲みながら移動した。

もし桔丹軍が鋭気漲《みなぎ》る陣であれば、たとえ一騎でも敵兵を見逃すまい。それが漫然《まんぜん》と見送ったことで、兵気の鈍さを測ることができた。涼鸞の行動は無駄にはならない。だが、勝手な行動を取ったことは許せない。慶雅は涼鸞を危険に晒す気など全くなかったのだ。

全速力で疎林に着いた慶雅は、兵たちに指図して迎撃態勢を取らせた。各自、弓を構え矢をつがえる。

こちらから見ていると、涼鸞の馬は追っ手をぐんぐん引き離していた。

「さすが、汗血馬……」

近衛兵の一人が感動したように呟く。人馬一体になって走っているように見えるその馬を涼鸞が手懐けたのは、ここに来る直前だったのだ。よくも見事に、と感嘆の念しか浮かんでこない。慶雅自身、走り出した涼鸞を見送ったときの焦燥は薄れている。あの見事な乗馬術を見れば、何事もなく彼が帰ってくるのは間違いない。

　追いつけないと悟った追っ手は、ようやく矢を放つことを思いついたようだ。馬上で弓を手にし矢を放った。

「危ないっ」

　慶雅が叫んだとき、涼鸞の身体は馬上から消えていた。

「落馬したのか」

　駆けつけようと手綱を取り直したときだった。涼鸞の身体がするっと馬上に現れた。追っ手の放った矢は、すでに涼鸞のいた空間を通り過ぎている。殺気を感じた瞬間、涼鸞は馬体の横に身体をずらすという離れ業で、矢を躱《かわ》したのだ。

　外したと知った追っ手は、もう一度矢をつがえる。

「させるな」

　慶雅の叱咤で、近衛兵の一人が入念に狙いをつけて矢を放つ。弓を構えていた追っ手が落馬した。ほとんど同時に涼鸞が疎林に走り込んできた。

　涼鸞の危機は救ったが、矢を放ったことでこちらの居場所もばれている。慶雅を始めとして一隊は、走り抜けた涼鸞に続いた。

敵陣から追撃隊が向かってくる。それをかろうじて引き離し、慶雅たちは自軍に帰還した。最前線の塹壕《ざんごう》に潜んでいた味方の兵たちは、自分たちの頭上を飛び越えていく人馬に仰天しただろう。

追ってきた敵兵たちは、矢の届かぬ距離で止まる。悔しそうに鞍を叩きながら馬首を変じて自軍に戻っていった。

飛び込んだ慶雅たちを、矛を構えた兵たちが取り囲む。咄嗟《とっさ》に敵か味方か判断できなかったのだ。

「控えろ。聖帝陛下であらせられる」

近衛兵の一人が声を張った。兵たちはびっくりして、及び腰になる。動揺が広がるのを察して、隊長が馬で駆けてきた。

「何事だ」

と質《ただ》すのに、近衛兵が叱りつける。

「聖帝陛下の御前ぞ。馬上では非礼である」

隊長は腰を抜かしそうに驚きながら、馬から滑り落り、地面に座ると拱手《きょうしゅ》した。周囲の兵たちも次々に隊長に倣《なら》う。

「かまわぬ。立て。ここは前線である。そのような礼は無用にいたせ」

慶雅の言葉に、彼らはおずおずと立ち上がった。

聖帝をこんなに近くで見たのは、皆初めてだろう。眩しそうに自分たちの前で馬上にいる相手を見上げている。慶雅は彼らに、自分の民たちだ、と柔らかな眼差しを向けた。

聖帝は、寄って立つ大地と、そこに暮らすすべての民を総攬《そうらん》する役目を負っている。彼らを無駄に死なせてはならない。その思いが、前線の視察に駆り立てた。

目的は果たせたと思う。ここは速やかに引いて対策を立て、皇帝に通知しなければならない。皇帝に政《まつりごと》を預けたと言っても、不備があれば口を出す。これからのこともある。

前例を今、自分が作っておこうと慶雅は決心していた。

「そなたたちの力があるから、我が国は桔丹に蹂躙《じゅうりん》されずに済んでいる。感謝するぞ」

慶雅の言葉に歓声《かんせい》が上がる。

ちょうど夕食の準備がされていたので、慶雅は兵士たちの一部と食をともにした。聖帝が自分たちと同じ物を食べると聞いて、兵士も隊長たちも卒倒しそうになり、炊飯の担当者らは、今にもまずいと酷評されて首が飛ぶのではないかと戦々恐々としていた。

慶雅は味にも料理の内容にも文句はつけなかったが、全員にきちんと食事が配られているかどうかには気を配った。

そのあと、さらに賞賛《しょうさん》と激励《げきれい》の言葉を残して、慶雅は前線をあとにした。

安嶺に帰還した一行は、青ざめた侍臣たちに迎えられた。彼らは詐術《さじゅつ》にかけられたようなものだ。御しがたしと言われている慶雅だが、ここまで独断専行したことはない。それも、敵陣に踏み込んだと前線から急使を受けて、侍臣たちは呆然とした。

「話はあとだ」

その彼らをうるさそうに手を振って退け、慶雅はさっさと一隊を解散してしまう。近衛兵たちにはなんの罪もない、聖帝の警護に駆り出され、職務に忠実だっただけなのに、叱責を喰らっては気の毒だ。

彼らを労い、馬を預ける。奥殿へ向かおうとして、涼鸞が従わないことに気がついた。

「涼鸞、参れ」

「この馬の世話は、俺がしなければだめだ。他の者には触れさせないと思う」

相変わらず正面から慶雅と目を合わさない。勘ぐれば、馬を口実にして自分から離れようとしているようだ。

「わかった。終わったら、私の元へ来い」

とはいえ、嘘ではなさそうだから、そう言うしかなかった。奥殿へ向かう慶雅の機嫌は悪い。大股で進む慶雅を、叡清と侍臣たちが小走りに追っていく。

いやなことは先に片付けようと、慶雅は征衣のまま、正堂に向かった。

「さて？　小言を聞こう。ただし、疲れているから手短に話せ」

侍臣たちは顔を見合わせ、一人が進み出た。


涼鸞は自分を乗せて奮闘《ふんとう》してくれた汗血馬にまだ名前がないと知って「白光《びゃっこう》」と仮に名付けた。白い光のように疾走する姿を称《たた》えたのだ。

出発前、あてがわれた馬に不満を覚え、ふと見た馬場でこの馬を見つけた。見事な馬体だった。まだ悍馬のまま飼い馴らされていない荒々しさが、気に入った。自分なら馴らせると思ったのだ。

一緒に危地をくぐれば愛情も湧く。涼鸞は汗の浮いた身体を丁寧に拭ってやりながら、この馬をこの先も自分に任せてもらえるならいいのに、と思った。餌の世話までしてから、奥殿に向かう。

また慶雅と顔を合わせるのかと思うと苦痛だった。そんな思いが、ことさら丁寧に馬を労ることに繋がったのだろう。

接してみれば、叡清は爽やかな好漢《こうかん》だった。真面目で、懸命に慶雅のことを考えている。いや、慶雅のことしか考えていないように見えた。それほどの忠誠心を向けられて、慈《いつく》しまないわけがあろうか。慶雅の叡清に向ける眼差しには、柔らかな情が溢れていた。

主従で、麗しいことだ、とどうして見過ごせないのか。

慶雅が叡清を見ると落ち着かない。叡清が慶雅と話しているとつい聞き耳を立ててしまう。自分は賤《いや》しくて汚い。

だから、叡清のために、慶雅を守ろうと決意したのだ。相手を疎《うと》ましく思う気持ちが少しでも浄化できればいいと。

慶雅が一当たりしたい、と言った真意はすぐにわかった。桔丹側の備えがどれだけ機敏に対応するかを測りたかったのだ。勝利の戦略を立てるには必要なことだと涼鸞も思い、自ら敵陣めがけて疾走していった。

走りながらも、敵兵たちの動きを観察していた。矢を構える者がいたら、すぐさま離脱する気でいたが、右往左往するだけでそこまで迎撃態勢を取る者はおらず、結局涼鸞は指《し》呼《こ》の距離まで彼らに近づいてから向きを変えた。驚き慌てる敵兵がぽかんと口を開けた顔までよく見えた。

慶雅が察したことを、涼鸞も感じていた。桔丹側は、滞陣に疲れ、倦《う》んでいる。鋭気を整えて決戦を挑めば、決定的な勝利を得ることができるだろう。

問題は……。

涼鸞は僅かに苦い笑みを浮かべる。

味方の陣にも、緩みがあることだ。これでは、戦えない。

さて、慶雅はどうするつもりか。

奥殿に入ったところで、慶雅の前から退出してきた侍臣たちに行き合った。胡乱《うろん》な目をこちらに向ける者がほとんどだった。大切な聖帝を唆《そそのか》した、と思っているのかもしれない。が、叡清だけは、にこりと笑って会釈《えしやく》してきた。

「陛下がお待ちですよ」

どうして？　とまず思った。叡清がいるのに自分を待つはずがないではないかと。だが叡清は退出しようとしている。少し混乱して、涼鸞は思わず足を止めた。気がついて、叡清もその場に止まった。何か？　と問うような顔をして涼鸞を見上げている。言葉を交わすために涼鸞が立ち止まったと思ったのだろう。

「いや、なんでもない」

短く否定して歩き出そうとしたが、やはり気になって振り向いた。言葉をかりる前に、侍臣たちも一緒にいることに気がついた。これでは聞けない。このあと改めて慶雅に呼ばれているのかなどと。返事によっては、邪魔をしないように配慮しなければならないと思ったのだが。

もう一度涼鸞は頭を振って、彼らから遠ざかった。

「呈鶻の王子め……、疫病神《やくびょうがみ》……、陛下を惑わす……」

ぼそぼそと陰口が聞こえてくる。華王朝の重臣たちにとっては、自分はそういう存在かもしれない。仕方がないことだと聞き流そうとしたとき、凜とした声が彼らを咎めた。

「涼鸞様は、命を賭けて陛下を守ると言われたのですよ。その御方に対して、失礼ではありませんか」

黙って歩き去った涼鸞だが、叡清の言葉は、じんと胸に沁みた。

嫌えない。しかし、……嫌いだ。

鬱屈《うっくつ》を抱えながら帰り着いた慶雅の私室では、いつものように女官たちが待ち受けていた。慶雅はすでに湯殿に行ったとかで、姿はない。

そういえば、自分の室はどこにもらえるのだろうか。叡清が帰還したからには、ここは彼の出入りする室となり、自分は邪魔なはずだ。

羅緊についていかなかった従者たちは、長屋に住まいを与えられた。委葉を始め、身の回りで仕えたい、と訴える者もいたが、まだ彼らの処遇をどうするか、慶雅とは話してい

ない。

女官たちの手で征衣を脱がされているとき、女官長が、

「まあ、大変」

と声を上げた。

「どうした」

涼鸞は屈んで帯を解いていた女官長を見下ろした。

「玉が見当たりません」

言われてみれば、玉を留めていた五色の組紐がほつれ、肝心の玉が失われている。国宝だと聞いていたから、涼鸞も困惑した。どこでなくしたか、見当もつかない。青ざめる女官長を、

「戦場を往来してきたのだから仕方がない。故意ではない喪失を咎める聖帝陛下ではあるまい」

と宥めて湯殿に入った。

黙っておくわけにもいかないと、嘆息する。そもそもそんな高価な品を渡す方がどうかしている。宝物庫にでもしまっておけばいいのだ。

やっかいなことになったという自覚はあるので、涼鸞は密かに慶雅に八つ当たりした。

湯から上がると全身に香油を塗られた。白い夜着を着せかけられながら、今夜はそこまでの準備は必要ないだろうと首を傾げる。

戻った私室で涼鸞はいつものように慶雅の寝台に導かれ、手前で立ち止まった。くるりと背を向けて、出て行こうとする。

「あの、お待ちくださいませ。どうなさったのですか?」

女官長が困惑気味に尋ねた。

「今夜から、ここは俺の休む部屋ではない。叡清が……」

言いかけて口を噤んだ。想像しただけで、胸が痛む。途中で止めたから誤解を招いたのかもしれない。女官長の顔が急に厳しいものに変わる。

「陛下のお召しを無視して、叡清様のところへ出向かれるのですか?」

「いや、そういうわけではないが」

言葉を濁したとき、女官長が急にぴんと背筋を伸ばした。これまで向けてくれていた柔《にゅう》和《わ》な顔が、強張っている。

「しばらく、ここでお待ちください。陛下にお伺いして参ります」

そうして傍らの女官に、

「余計なことは言わぬように。涼鸞様がどこでお休みになるのかだけ伺って参れ」

と言い含めて送り出した。

女官は出ていく前に、ちらりと涼鸞を見た。どこか底冷えするその視線に、なんだ？と訝しいものを感じた。女官の後ろ姿を見送っていたら、

「お座りくださいませ」

女官長にぴしりと言われて、涼鸞は困ったと思いながら腰を下ろした。完全に誤解させてしまったらしい。いつも優しかった顔が、憤りを浮かべている。言い訳することもできず、使いが戻るのを待った。

間もなく戻ってきた女官は、

「この室で待つようにと仰せでした」

と慶雅の言葉を伝えた。

これは直接聞くしかないと、涼鸞は腰を据えた。女官長は、眸で念押しをしてから、女官たちを率いて出て行った。

女官たちが下がると、しんと静かになる。

慶雅は湯浴みのあとも何か用事があるのか、なかなか帰ってこなかった。眠くなって寝台についい横たわると、どっと疲れが出てくる。うとうとしていたところを、いきなり身体を引き起こされて、乱暴に揺すられた。

「な……っ」

寝ぼけたまま、至近距離の慶雅を見る。彼は怒っていた。

「どうしたのだ」

と覚束《おぼつか》ない声で聞いたら、それがまた怒りを誘ったらしい。引き起こされていた姿勢から突き放されて、背中を打ちつけた。寝台の上だから痛みはないが、乱暴な扱いに眉を寄せる。それが反抗的に見えたのだろうか。

慶雅の手が伸びてきて、夜着の帯を解かれた。はらりと前がはだけて素肌が覗いたので、涼鸞は慌てて掻き合わせた。

「ちょ……、待て」

状況が呑み込めなくて制止すると、慶雅は怒気を含んだ眸で睨みつけてきた。

「ここで寝るのを拒んだそうだな。使者が発ったからには、もう私に用はないと。叡清のところに行くとごねたそうではないか」

「違う……」

いったい使いに立った女官は何を言ったのか。あることないこと吹き込んだとしか思えない。言い訳しかけた言葉を遮られる。

「そなたは奴隷だ。自分でそう誓っただろう。私に逆らうことは許さない」

「奴隷……」

確かにそうだったが、それは叡清が帰り、盟約のために羅緊が派遣されたことで終わったのではないのか。

訝る表情を向けたせいで、慶雅は態度をさらに硬化させた。涼鸞の両手を掴み、頭上で押さえつける。掻き合わせていた手が外れたので、夜着がはらりと滑り、涼鸞の白い肌が露になる。

慶雅が押さえつけた腕を紐で縛ろうとしたので、涼鸞は青くなった。これでは、最初と同じではないか。あのときはかなり惨《むご》いこともされた。叡清を奪った直後だから、仕方がなかった、と涼鸞も思う。

だが日を重ね、夜を過ごすうちに、穏やかな交情に落ち着いていたはずだ。涼鸞が逆らわなければ、慶雅も手荒なことはせず、耐えがたいほど啼かされる夜もなかった。抱かれることに羞恥や違和感はありつつも、涼鸞もその状況に慣れ始めていたのだ。温かな情を感じることさえあった。

状況は変わったはず。いや、変わったと思ったのは自分だけなのか？

「待て、待ってくれ。縛るな。話を、話をさせてくれ」

なんとか手を引き抜こうと抵抗しながら、懸命に訴えた。女官のでたらめを怒っているなら、説明すればわかるはずだ。誤解したまま酷いことをしたとあとで知れば、慶雅は後悔するはずだ。それに、恋童の叡清が帰っているのに自分を抱くのは、彼への裏切りだ。

爽やかな叡清の笑顔が浮かぶとなおさら、自分は彼を悲しませてはならないと思う。

「何を話すというのだ」

かまわずに紐で縛った涼鸞の手を四柱の一つに繋ぎながら、慶雅は冷えた声で言う。すでに身体の自由を奪ったので、耳を傾ける気になったようだ。腕を拘束されているから、夜着の乱れを直すこともできず、涼鸞は露になった肢体を慶雅の眸に晒しながらも、やめるように訴える。

「あなたには恋童の叡清がいるではないか。叡清はあなたを大切に想っている。悲しませることをするな」

叡清、と涼鸞が言うたびに、慶雅の機嫌はますます下降していく。その因果関係に、涼鸞は気がつかない。一筋に思い詰めて訴える姿勢が、慶雅の疑いを増すばかりとも思わない。そもそも慶雅が何に一番怒っているのかも、さっぱりわかっていないのだ。

「……叡清は恋童だ。大切に思っている。だから情欲を満たすだけの関係に引き込むことはしない。獣欲は、奴隷に受け止めさせれば十分だ」

その言葉は、涼鸞の心の奥深くに突き刺さった。自覚もないままに生まれかけていた柔らかな慕情が、粉微塵に砕け散る。涼鸞は言葉もなく唇を戦慄かせていた。

今自分の心で何が起こったのか、明瞭には意識していない。ただ、息をするのも苦しいほど胸が締めつけられていた。

目を見開いたままの涼鸞に、彼が受けた衝撃を僅かでも感じたのだろうか、刺すように鋭かった慶雅の眼差しから幾分険が引いた。

「そなたは私に抱かれて啼いていればいいのだ。なんでもすると、承知したのはそなただ。それが約定だっただろう」

ぐさりと刃の突き通った心臓に、止《とど》めを刺すような慶雅の言葉だった。

涼鸞はすべての抵抗をやめ、眸を閉じた。戦慄いていた唇が、きつく引き結ばれる。

涼鸞の屈服に、慶雅は満足したのだろうか。瞼を閉ざした涼鸞にはわからない。聞こえてきた小さな舌打ちにぴくりと身体を動かしたが、眸は開けなかった。

「あくまでも逆らうのだな。それなら私にも考えがある」

逆らってなどいない。従順に身体を投げ出しているではないか。胸に湧いた抗弁を、涼鸞は言葉にせず呑み込んだ。言っても無駄だと諦めてしまったのだ。

自分は奴隷で、叡清には向けられない獣欲を注がれる身。それなら、さっさとすることをすればいい。

捨て鉢な気持ちでも、愛撫に慣れた身体は、肌を滑る慶雅の手を快感と受け止める。顎を掬い上げられ、噛みつくような口づけをされた。舌で掻き回された口腔から唾液が溢れる。そのあとを追って舐められたところから、じんと痺《しび》れが広がっていった。

こんなにされても感じる身体にされている。

頭上で繋がれたままの拳を握り締めた。絶望で、胸が重く塞がれる。

乳首を柔らかく揉み込まれた。すぐにぴんと尖った小さな芽は、腰間に快感を送り込んでくる。一方を指で、一方を歯で弄られた。

「あぅ……っ」

堪らず背を浮かせ、腰を捩った。

「いやだと言ってもここは正直だ」

言葉で嬲られ、手で昂りを摑まれた。それまでの愛撫で熱を蓄え始めていたその部分は、手で刺激されて一気に膨らみを増した。

「もう滲ませている。淫らだな」

言われても反論などできない。その通りだったのだから。

自分の身体を作り替えたのは、慶雅自身だと詰りたいのを、歯を食い縛って堪えた。脳裏には、涼やかに笑っている叡清の顔が浮かんだ。あの顔を貶めてはならない。自分が耐えることで、彼の笑みを消さないように。

「……叡清……」

そんな気持ちで呟いた名前が、慶雅の激怒に火をつけた。それまでも怒っていたのが、まさに怒髪天を衝《つ》く状態になった。

涼鸞の髪を摑み激しく揺さぶってくる。

「叡清の名を呼ぶなっ」

怒鳴られて、涼鸞は唇を嚙んだ。欲望を受け止めるだけの自分が、恋童の名前を呼ぶことすら腹立たしいのかと思う。

昼間、ともに枯丹軍への偵騎を行ったときの一体感など跡形もなかった。ひたすら責められて、慶雅の怒りに晒される。

がくがくと首が折れそうなほど揺さぶられたあとは、辛いいたぶりが待っていた。身体を傷つけられたわけではない。ただ欲望を堰《せ》き止められ、延々と身体を弄られ続けた。感じて堪らず身を捩っても、いくことは許されず、悶えて喘がされた。

張り詰めた前は、たらたらと滴を零して窮状《きゅうじょう》を訴えるが、慶雅はさらに凄絶《せいぜつ》な愛撫を加えるだけで、許さない。

蕾にはすでに指が埋め込まれている。

「ああっ、ああ……っ」

腰から間断なく湧き上がる快感が、脳天を突き抜ける。全身にうっすらと汗を滲ませ、艶やかな肌膚が喘ぎ声に連動するように震えている。体内に差し込まれた指で、急所を抉られた。噴き出そうとする灼熱《しゃくねつ》は、昂りの根元を圧迫されているために叶わない。身を悶えさせ、腰を揺すって哀願し、なお許されない。

覆い被さっている慶雅の逞しい身体を受け止めながら、涼鸞は、

「なぜ……」

と震える声で呟いた。どうしてここまで貶められなければならないのか。確かに奴隷とは言ったが、初日以外、こんなに苦しめられたことはない。

それまで頑なに閉じていた瞼を押し開いた。濡れた眼差しで、慶雅を見上げる。

「俺が、何を…した。あなたは……なぜ、怒っている…」

喘ぎながら、なんとか言葉を押し出した。蕾に差し込む指を二本に増やして呻かせながら、慶雅は涼鸞を睨んだ。

「白々しい。胸に他の男を住まわせておいて」

「……他の、男…？」

涼鸞には覚えがない。

「そんな、男…など、いない……」

「うるさい！」

くつろげていた指はまだ二本なのに、それを引き抜くと慶雅は怒りに任せて自らの怒張を狭い入り口に押し当てた。

「無理……っ、やめ、ろ…」

さすがに恐怖に駆られた涼鸞は、逃れようと足で蹴りつける。その蹴りを躱して掴んだ足を吊り上げ、大きく開かせて陵辱の体勢を取らせると、委細《いさい》かまわず一気に最奥まで突き入れた。

涼鸞は声にならない悲鳴を上げて仰け反った。そのまま苦しげにひくひくと身体を引き攣らせている。

痛ましいさまを見ても、慶雅は責める手を緩めない。最奥まで達した昂りを、無理やり引いて、再度奥を突く。そのまま勢いよく抽挿《ちゅうそう》の速度を速め、自らの頂点を目指す。

激しく揺さぶられ、身体を嬲られて、涼鸞は全身を戦慄かせていた。内壁にある弱みを突かれ、射精感は募るばかりなのに、いかせてもらえない。縋りたくても手は繋がれたまだ。

直後に、夥しい量の白濁を、内部に叩きつけられたのを感じる。きつかった中が、それで潤って滑りがよくなったのが皮肉だった。

一度いって少しは落ち着いたのか、慶雅は軽く身体を浮かせて、涼鸞を見下ろした。己の灼熱は、涼鸞の中に深々と埋め込んだままだ。達したのにまだ重量感がある。

「どうして……」

苦しい息の下から、涼鸞は同じ問いを繰り返す。喘ぎ声を上げ続けたせいで、声が掠れている。

「そなたは、私の恋童に恋慕《れんぼ》した」

さすがに罪悪感を覚えたのか、初めて慶雅が陵辱の理由を告げた。

ゆっくりと慶雅の言葉が沁みてくる。最初理解できない言葉の羅列に過ぎなかったものが、ある時を境として突如意味を持ち始めた。

「俺が？　叡清に？」

誤解だ、と強く否定した。

「そんな…こと、あるわけが……ない」

「偵騎の最中、仲睦まじいところを私に見せつけた。抱いているときに、叡清の名を呼んだ。この室に来るのをいやがったのは、叡清のところへ行くつもりだったからだろう」

責められて身に覚えのないことに啞然とする。

「違うっ。叡清に恋慕したことなどない」

涼鸞は激しく頭を振って否定した。

「そなたは叡清に、私を守ると言ったではないか。彼の心を安んじるためであろう」

「……それは」

言葉に詰まった。

叡清を気遣ったのは確かだ。だが、命を賭して守ろうとしたのは慶雅の身ではないか。

嗄《か》れ果てた喉から声を振り絞るようにして訴える。

「俺は、あなたを、守ると言ったのだ」

あなた、を強調しながら、真摯な思いを込めて慶雅を見上げる。

虚妄《きょもう》のない澄み切った眼差しに、慶雅は怯《ひる》んだ。どうやら自分の勘違いだったと悟ったようだ。しまった、という顔になり、自分がいたぶった涼鸞の肢体を見下ろす。

慌てたように体内に居座っていた昂りを抜き、涼鸞自身を縛めから解放した。長く圧迫されていた昂りは、快感を感じる域を通り越していたのか、縛めがなくなると力を失って項垂れた。

慶雅は慙愧の表情で、それを見ていた。反省しているのだろう。涼鸞はこちらにも気づけと、頭上で拘束されたままの腕を動かした。

視線を動かした慶雅が、結び目を急いで解く。

逃れようとしたときにできた擦り傷を、じっと見て、唇をそっと押し当ててきた。振り払いたくても、痺れたままの腕は自由にならない。頭上に上げられたままだったので、肩の具合もおかしかった。思うように動かせないので苛立たしい。

「すまない。嫉妬した。そなたを愛しく想っていたのに、そなたは叡清を好きなのだと勘違いして、逆上した」

慶雅は涼鸞の腕を優しくさすりながら告白した。

「は……？」

涼鸞は混乱する。

嫉妬？　愛しく想っていた？　叡清は慶雅の恋童だったはず。横恋慕に怒ったというならわかるが、嫉妬して逆上したというのは。いったいどうしてそうなるのだ。……わからない。

黙ったままの涼鸞に責められていると感じたのか、慶雅は涼鸞を抱き締めた。

「何度でもそなたの気が済むまで謝る。謝るが、我が手から逃げることは許さぬ」

「はは……」

力ない笑いが漏れた。

さんざんいたぶっておいて、それが嫉妬からだと言われて、はいそうですかと頷けるわけがない。叡清は恋童だから、獣欲は奴隷が受けろと言い放ったのは、慶雅だ。弱い立場にある者を屈服させておいて、何が愛しく想う、だ。

涼鸞は誇り高い呈鶻の王子だ。これまでは故国のために、華王朝との盟約を願って膝を屈してきた。当初、叡清を人質にしたという引け目もあった。だから耐えてきたのだ。

それが、ここ最近少しは関係が変わってきたように感じた矢先に、この陵辱。

嫉妬だと言われても納得できない。理不尽で無体な目に遭わされたとしか。

「叡清は、恋童ではないのか」

ようやく涼鸞が口を開き、慶雅は真意を問うように彼を見た。それから言いにくそうに答える。

「違う。叡清を抱きたいと思ったこともなければ、褥に呼んだこともない。第一そんなことをすれば、彼は寝台の上で正座して、粛々《しゆくしゆく》と私の非を問い続けるだろう。考えただけでぞっとする」

さもいやそうに身体を震わせた慶雅に、仄かにおかしみを誘われた。しかし、同時に、そうして尊重される叡清と、我が身を比べてしまう。

同じ男に、組み敷かれ抱かれる。それがどれほどの屈辱か。

故国のため、と理由があったときは耐えられた。どのような辱めも、一身で盟約を贖《あがな》えるのならばと、真っ直ぐ前を向いていられた。ぎりぎりのところで誇りを失わないでいられたのだ。

それが、ただの嫉妬で蹂躙《じゅうりん》されるとは。情けなくて詰る気も起きない。

そんな冷えた感情が、慶雅に伝わったのだろうか。いきなり、慶雅が胸に手を這わせてきた。

「さっきは私だけが達した。今度はそなたの番だ」

「必要ない、やめ……」

押し退けようとするのに、体力の消耗《しょうもう》ははなはだしく、抵抗らしい抵抗にならない。

「大丈夫だ。ちゃんと感じさせる」

そんな問題ではないということに慶雅は気がつかないのか。あるいは気がついていて、認めれば涼鸞を失うと、眸を瞑っているのかもしれない。

さんざん弄られた乳首は、赤く腫れ上がっている。少し触れられただけでもぴりぴりする。しかし、指先で労るように柔らかく刺激されると痛みより快感が湧いた。突起が芯を持ち始め、爪で弾かれた。

「……っ」

全身に響くほどの痛みがあった。なのに、それがいい。歯で噛まれても、感じる。

一度萎えてしまった昂りが緩やかに復活し始めた。

「触る…な」

もう慶雅には抱かれたくない。その思いで拒絶の言葉を叶くのに、聞いてもらえない。いっそう細やかに愛撫を施される。涼鸞の意志に反して、身体は感じて昂っていく。喜悦《きえつ》に戦慄く全身が薄赤い色に染まり、官能を色濃く立ち上らせる。

「いやだ、いや……だ」

首を振りながら譫言《うわごと》のように呟いていたが、きっとそれは慶雅の耳には、「もっと」と聞こえたことだろう。それほど甘い誘うような声だったのだ。

慶雅の手は、やんわりと涼鸞の昂りを擦っている。先端が蜜でぬめり始めると、顔を伏せて、すっぽりと口に含んでしまった。

「やあっ」

涼鸞は腰を撥ね上げ、逃れようと足掻く。しかし、しっかり押さえられているので、身悶えながら愛撫に啼くしかない。舌で舐め上げられて、快感で脳裏が白く点滅する。聖帝である慶雅が、男のものを含んだことがあるとは思えないが、的確に感じる場所を捉えて愛撫を加えてくる。

いったいいつまでこの快楽が続くのか、あまりの快美に気が遠くなりそうだった。

慶雅は、舌で先端を押し潰し、甘嚙みして呻かせた。腰の奥から迫り上がる灼熱が、入り口を求めて暴走する。

でもまさか、慶雅の口に中に出すわけにはいかない。

「放せ、放…して」

慶雅の頭に手を置いて、なんとか押し退けようとするが、だめだった。ひときわ強く吸引されて押し止めていた堰が決壊する。

「あああっ」

どくっ、どくっと止めようもなく白濁が飛び出していく。そのすべてを慶雅が口中で受け止めたと知ったのは、忘我の境地を彷徨《さまよ》って、ようやく意識を取り戻したときだった。

「な、まさか……」

ぺろりと、舌で唇を舐める慶雅を見て蒼白になる。

「うまいとは言えぬが。そなたのものだから飲める」

「そんな……」

絶句した涼鸞が脱力している間に、慶雅は彼の腰を持ち上げた。

「今度は一緒にいこう」

言いながら、涼鸞の後孔に自らの昂りを押し当てた。

「よせ、いや…だ」

覆い被さってくる慶雅を押し退けようと腕を突っ張ったが、

「私を拒絶するな」

強い眼差しで射竦められて、力が抜けていく。

愛しく想っているのだ。嫉妬した。

慶雅の言葉がぐるぐる脳裏を回っている。許せないと思いつつ、心の奥底で、喜びを感じていた。抱かれたくないと矜持が叫び、身体は与えられる愛撫に悦を感じる。自分でも自分がどうしたいかがわからず、突っ張っていた腕は、慶雅にそっと押し退けられてだらりと下に落ちた。

慶雅の熱塊が、涼鸞の中を侵し始める。すでに一度受け入れていたため、狭道は素直に慶雅の形に開き、なんの抵抗もなく呑み込んでいった。注ぎ込まれていた蜜液が潤滑剤《じゅんかつざい》になっていたせいもある。

奥まで達した慶雅は、一度動きを止め、涼鸞の反応を見ながら緩やかに腰を揺らした。

先程までの強引な責めではなく、本当に愛おしく想う相手を抱く優しさを見せた。

ごまかされるものか。貶められた事実は消せないのだ。

懸命にそう言い聞かせて、慶雅の情に絆されまいと歯を食い縛る。しかし感じる箇所を何度も抉られ、抽挿で快楽を掻き立てられ、法悦《ほうえつ》の中に放り込まれていくのを止められない。

「ああ、いや…だ。いやぁぁ、……っ」

声を上げながら、涼鸞は上り詰めていく。慶雅は涼鸞の進み方に合わせるように自らの動きを調整した。やがて、

「いくっ」

と小さく叫んで涼鸞が達したとき、強烈な内部の締めつけに沿うように、慶雅も二度目の遂情を果たした。狭い内部は、夥しい量の蜜液で溢れ返った。涼鸞の意識がぽかりと空白になる。このまま気を失ってしまえたら、という切なる願いは、叶わなかった。呼吸が整うと、現実が還ってくる。

慶雅が自身の昂りを引き抜いて自由になったとき、涼鸞は力の入らない身体を無理やり起こして、手を振り上げた。

ぱしっと鈍い音がする。慶雅は叩かれた頬を押さえ、涼鸞を見た。

「気が済んだか?」

「これくらいでっ、済むわけがない」

掠れた声で、精いっぱい言い返す。

「ならば気が済むまで、殴ればいい。聖帝を殴打《おうだ》したのは、我が王朝でもそなたが初めてだろう」

涼鸞の憤りを、慶雅は軽く流してしまう。

「さて、そなたの身体を綺麗にしたら、休むぞ」

するりと寝台から下りた慶雅は、涼鸞の身体を抱え上げた。

「下ろせ」

と喚くのもかまわず、湯殿へ連れていく。侍官たちの手を借りずに、慶雅は涼鸞の身体から情事の痕を洗い流していった。

再び抱き上げて戻ったときには、寝台は綺麗に整えられている。女官たちが丹精《たんせい》した芳《ほう》香《こう》の漂う褥に涼鸞を下ろし、慶雅も脇に滑り込む。

離れようとしたのに、引き戻され、腕の囲いに閉じ込められた。目の前には逞しい慶雅の胸がある。こうなりたかったと涼鸞が願う理想の体型だ。

自分が慶雅のようであったら、抱くとか抱かれるとかの関係にはならなかっただろうと思った。

突っ張ろうとしても、逃げようとしても、慶雅の拘束は緩まず、涼鸞はひとまず諦めておとなしくなった。

涼鸞が抵抗の気配を消すと、慶雅は金糸の髪を撫でたり、頬に触れたり、口づけしてきたりして甘い余韻を楽しんでいるようだった。逆らうのも虚しくてなされるままにしていると、やがて慶雅が動かなくなった。静かな寝息が聞こえてくる。

好機だと身動げば、抱いている腕に力が籠もる。息苦しいほどの執着だ。

涼鸞は胸に押し当てた耳で、慶雅の鼓動を聞きながら、力の緩むのを待った。このまなし崩しに絆されて、迎合するなどまっぴらだ。


肌寒い、と思った途端、慶雅は覚醒した。

涼鸞がいない。

しっかり捕まえたつもりだった。身も心も傷つけたことはわかっている。簡単には涼鸞の心を癒せないだろう。けれど、側から放さずに、誠心《せいしん》からの言動を続けて、いつかけ頑なになった心を溶かしてみせる、と思っていた。

慶雅は上掛けを撥ね除けて起き上がった。気配を察して、侍官たちが寄ってくる。

「涼鸞はどこだ」

薄絹を払い除けた慶雅に突然問われて、彼らは顔を見合わせた。

宿直の者が呼び入れられる。明け方近く、涼鸞が出て行くのは見ていたが、特に誰何はしなかったという。彼らの役目は、怪しい者が聖帝に近づかないように見張ることで、御前を下がる者にまでは関心を持たない。

慶雅は苛立ちで足を踏み鳴らした。

「捜せ」

衛士が呼ばれ、郡庁舎内の捜索に散っていった。間もなく、涼鸞の部下たちの宿舎に彼がいることがわかり、慶雅は胸を撫で下ろした。

侍官たちの手で身支度を整え、朝食は後回しにして、宿舎に向かう。

ところが慶雅が訪れたとき、涼鸞はいなかった。

部下たちが困惑したように話すのを聞くと、早朝ふらりと現れた涼鸞は、口数も少なく沈んだ様子に見え、空いていた寝台に横になっていたという。そして衛士がやってきた直後に、少し頭を冷やしてくると出て行ってしまったというのだ。

「どうして止めなかった。どこへ行ったのだ」

避けられた、と思った慶雅が叱るように言うと、部下たちは、恐懼《きょうく》しながらも行き先は知らないと頭を振った。

落胆しながら慶雅は引き返した。

「いったいどこへ……」

回廊の途中で柱廊《ちゅうろう》を叩き、呻くように呟いた。

もしかして邑を出ているかもしれないと思いついて、傍らの侍官を馬場に走らせた。息せき切って帰ってきた侍官は、涼鸞が汗血馬で邑を出たことを知らされた。

「追う。馬を用意するように伝えろ」

もう一度侍官を走らせ、慶雅自身も急ぎ足で馬場に向かった。別の侍臣が、

「お食事の用意ができておりますが」

と恐る恐る告げたが、黙殺された。

馬場に着き、馬丁から涼鸞が出て行った様子を直接聞いた。

軽装でやってきた涼鸞は、少し走らせてきたいとその馬丁に言って、汗血馬を引き出させたという。

「お帰りはいつ頃でしょうか、と尋ねましたら、一刻後に戻ると言われました」

咎められるのかとおどおどしている馬丁を脅しても仕方がない。慶雅は、

「そうか」

とだけ答えて、自分の馬に鞍をつけさせた。

鞍上に跨った頃、知らせを聞いた警備の近衛兵たちが走ってきた。叡清も混じっている。

「お待ちください」

と叫ぶ彼らを無視して、慶雅は馬を走らせた。戻ってこないかもしれないという危惧《きぐ》が、慶雅を焦らせている。涼鸞がどこへ向かったのかわからなくても、じっとしていられなかった。

当てもなく走っていると、叡清たちが追いついてきた。

「陛下、これ以上は危険です。馬首を戻してください」

叡清が青ざめながら叫んでいる。その声がようやく耳に届いた。

見回せば、自分は無意識に昨日の道程を辿っていたようだ。敵味方を見下ろせる丘に近づいている。最前線を無防備に彷徨っていた自分に気がついて、苦い笑みが浮かぶ。それほど上の空でひたすら涼鸞を求めていたのかと。

向きを変えようと手綱を引いたときだった。

「危ない！　陛下っ」

叡清の悲鳴が聞こえた。同時に慶雅は、肩にどんと衝撃を感じた。

その瞬間、大地が大きく揺れた。天に稲妻《いなづま》が走り、突風が吹き荒れる。不気味な唸《うな》りを

伴う振動が、慶雅を中心にして遥か彼方まで伝わっていった。雷鳴が轟《とどろ》き、地鳴りが鳴りやまない。聖帝へ向けられた暴挙に、天と地が凄まじい怒りを露にした。

仰向けに馬から落ちながら、慶雅は、矢で射られたのか、と肩に突き立つ矢羽根を見て思った。

見開いた視界に映ったのは、蒼く冴え渡った空が、みるみる黒雲に覆われ、その中を無数の稲光が走る光景。激しい風が頬を打ち、大地の唸りが耳に届く。

大丈夫だ。私は生きている。騒ぐな。

僅かに残った意識で呼びかけ、震える手を伸ばしたのが、最後の記憶だった。

「陛下……、陛下……」

誰かが涙声で呼んでいる。うるさいなと眉を寄せた。黙るように言おうとしたのに、声が出ない。眸を開けようとして、それもできないことに気がついた。どうなっているのだ、と恐慌を起こしそうになって、寸前で、自分が矢に貫かれたことを思い出した。無意識に詰めていた息を吐く。

落馬して、それから……。大地の揺れは止まったのか。全身で気配を窺い、異変がないことを感じ取った。

大事に至らなくて、よかった。

ほっとすると、全身の痛みを意識する。どこもかしこも痛くて、身動きもできない。苦労して瞼《まぶた》を押し開けた。掠れた声で叡清を呼ぶ。

「叡清……」

「陛下!」

叡清が聞きつけて、大きく身体を乗り出した。

「お気がつかれた!」

慶雅が眸を開けているのを見て、わっと歓声を上げる。詰めかけた侍臣たちもほっとしたように表情を緩めた。

「水……」

喉がからからに渇いていた。

叡清が水差しを取り上げ、口許にあてがってくれた。貪るように水を飲み、ほっと人心地がついた。

「どうなった。天地の怒りは鎮まったのか」

「はい。陛下を射た不届き者は、雷に直撃されていました。華王朝聖帝の真の姿を知らない大馬鹿者です」

叡清は冷ややかに言い捨てた。

「涼鸞は？」

と尋ねると、叡清は固い表情で首を振った。

「そうか」

右肩に分厚い包帯が巻かれている。その下の矢傷がずきずきと痛んだ。それにもまして、心が痛みを訴えている。涼鸞は自分の手から去ってしまったのか。自らの不明で、永遠に彼を遠ざけてしまったのか、と。

憂鬱に沈みかけたとき、叡清が思い詰めたような声で言った。

「涼鸞様につきまして、ご報告があります。しかしまず、医師の診察をお受けください」

「報告？」

身体を起こそうとした慶雅は、全身を走った凄絶な痛みに呻き声を上げた。

「無茶をなさいますな」

医師が駆け寄ってくる。

「矢傷だけでなく、落馬で全身を強く打たれています。しばらくは絶対に安静です」

説明しながら脈を取り、診察してから引き下がった。

慶雅は叡清を眸で呼び寄せる。

「おとなしく脈を取らせたぞ。早く報告とやらを聞かせろ」

叡清は、自分から報告すると言ったのに、慶雅が促してもしばらく躊躇っていた。苛立った慶雅が強く促すと、人払いを願い、二人だけになったときようやく口を開いた。その内容に、慶雅は信じられないと眸を見開いた。

「馬鹿な。涼鸞が襲撃の首謀者だと！　そんなことあるわけが……っ」

大声を出した衝撃で肩が痛み、息を詰める。

「陛下、どうか安静に」

叡清がおろおろと手を差し伸べる。慶雅はそれを払い除けた。

「私を安静にさせておきたければ、さっさとすべてを話せ」

慶雅が矢を受けて落馬したのを見て、追いついてきた近衛兵たちは二手に分かれ、一方が慶雅を守護し、もう一方が矢を射た賊を捕らえた。賊は、天地の怒りに触れて黒こげになっていた。ところがその死体は、懐に玉を抱いていたのだ。

麟鉱石でできた玉は、傷一つなく清らかなまま見つかった。

「それが、俺が涼鸞にやった玉だというのか？」

「はい」

「それだけで、涼鸞の仕業にするのは乱暴だろう」

叡清は強張った顔を伏せた。低い声で、さらに続ける。詮議《せんぎ》を進めて、慶雅が涼鸞を抱いていたことが、宿直を務めていた衛士たちから漏れた。恨みを含んでいただろう事情が表に出て、涼鸞の動機が明らかになったとされた。

「陛下。相手は、呈鶻の王子殿下なのですよ。どれほどの屈辱を耐えてこられたのか。思いあまって聖帝陛下を狙っても、致し方のない仕儀かと存じます」

思い詰めた顔の叡清に詰られて、返す言葉もなかった。自分は涼鸞に狙われたのか、と思うと絶望に胸を塞がれる。だが、それだけのことをしたという自覚はあった。

もう取り返しはつかないのだろうか。涼鸞はこの広大な大地の彼方に消え失せて……。

負の方向にばかり先走りかけた意識が、そこで止まった。……待てよ。

慶雅は叡清に、涼鸞の部下はどうしているのかと尋ねた。聖帝を襲撃したとなれば、一族ことごとく覆滅《ふくめつ》が定めだ。涼鸞の罪は、彼らにも及ぶ。

「抵抗しなかったので、全員捕らえて牢に入れました」

低い声で報告した叡清に、慶雅はほっとしたように頷いた。

「いたのか。そうか、よかった」

慶雅の笑みに、叡清は声を荒げた。

「陛下は罪もない彼らの死をお望みなのですかっ」

「違う。あらかじめ彼らを逃がさなかったのならば、涼鸞は犯人ではないということになる。故国から連れてきた部下たちを、涼鸞が見殺しにするはずがないからな。急いで調べ直すのだ」

「確かにそうでした」

叡清はぱっと晴れやかな顔になって、大きく頷いた。

「犯人は自分たちの主人ではないことを部下たちも察しているから、おとなしく縛につい たのだ。きっと本人は何も知らないまま、間もなく帰ってくるだろう」

頷きながら聞いたあとで、叡清はまた心配そうな顔になった。

「しかし帰還された涼鸞様は、逮捕されて牢屋入りですよ」

「しばらくは我慢してもらうしかない。その間に、誰が仕組んだのか、見つけ出さなくてはならない。もしかすると、私を暗殺して涼鸞に罪を着せることで、一挙両得を狙ったのかもしれない」

「陛下……」

慶雅は、涼鸞が抱いていた桔丹への懸念を話した。

「諜者《ちょうじゃ》が……？」

「私の周りにも、そして皇帝の周りにもいるらしい。桔丹の諜者なら、私を殺し、その罪を涼鸞に擦《なす》りつければ、自ずと盟約も破棄されると思いつくだろう。それが一挙両得だ。また、今まで考えつかなかったが、皇帝の眸を塞いでまずい指揮を行わせていたのも、その諜者だったとしたら。……私の命だと告げて、司寇《しこう》（警察長官）を密かに呼べ。これからすることは、すべて秘密裏に行わなければならない」

叡清の眼差しがきっと引き締まった。

「ただちに」

厳しい表情で叡清が出て行ったと思ったら、すぐに引き返してきた。

「涼鸞様がお帰りになりました」

「帰ったか」

慶雅はぱっと笑顔になった。

「すでに拘束し、牢に入れられたそうです」

「かまわぬ。牢の中の方が安全だろう。そなたから事情を説明しておけ」

「そうとはいえません。相手が再調査を察したら、凶手《きょうしゅ》を伸ばしてくるかもしれません」

慶雅は不敵な表情になった。

「涼鸞と彼の部下たちを訪れるとき、武器を与えよ。刺客を捕らえることができれば、一気に解決するかもしれない」

「そういたします」

「何をする！」

涼鸞は、矛を構えて取り囲んだ衛士たちを睨みつけた。

茫漠《ぼうばく》たる野原を疾駆《しっく》し、馬を駆り自分を駆り立てて鬱憤《うっぷん》を晴らすと、馬丁に約束した時間よりかなり遅れて邑に帰還した。ところが郡庁舎に戻った途端の、この災禍《さいか》だった。

「聖帝陛下暗殺を謀《はか》った犯人として、逮捕する」

衛士長が宣言した。涼鸞には身に覚えのないことである。いや、その前に、聖帝暗殺という言葉に衝撃を受けた。

まさか、慶雅が！

身体がぐらりと揺れ側の壁に手をついた。目の前が真っ暗になる。俯いたまま、

「亡くなられたのか」

と掠れた声で尋ねた。返事がなく、ぱっと顔を上げた涼鸞は、向けられる矛をものともせず、衛士に摑みかかる。衛士の方が慌てて、涼鸞を突くまいと矛を逸らした。

「答えろ！」

ぐらぐらと襟元を揺すって返事を促し、

「お怪我をなさっただけだ」

と聞こえた背後からの声に脱力した。抵抗しない涼鸞を、衛士たちは牢へ連れていく。

あまりの衝撃に、何も考えられなかった。慶雅は生きているのだ、と何度も自分に言い聞かせる。

あれほど生命力に溢れた存在が死ぬなどと、想像したこともない。しかし、慶雅も人間である以上、いつかは死ぬのだ。それは明日かもしれないし、遥かな未来かもしれない。

憎いと思っていたはずだ。許せないと。

盟約を交わす以上、この先も慶雅と協力しなければならないことが重荷だった。鬱々とする気持ちを切り替えようと、馬を走らせた。

しかし暗殺と聞いて、息が止まった。生きていると聞くまで、呼吸することも忘れていた。

もし慶雅が死んでいたら……。考えただけで、血の気が引く。

慶雅は、自分にとってそれほど重い存在なのだと、初めて知った。

牢の中で蹲《うずくま》ったまま涼鸞は、怪我をしたという慶雅に思いを馳せていた。怪我の程度はどうなのだろうか。あまり苦しんでいなければいいのだが。

自分が牢に入れられていることも、暗殺の容疑がかかっていることも、これから罪を咎められて刑死するかもしれないことさえ、念頭になかった。思いはすべて、慶雅の安否に占められている。

叡清が密かに訪ねてきたとき、真っ先に聞いたのも慶雅の安否だった。叡清はにっこり笑った。

「その言葉だけで、あなたが犯人ではないことがわかります」

「当然だ。俺はやっていない」

涼鸞は憮然として答えた。

「肩の矢傷だけです。しばらくは痛いとおっしゃるでしょうが、医師の見立てでは、元通りに治癒《ちゆ》するそうです」

「そうか。それはよかった」

涼鸞がほっとするのを見たあとで、叡清は涼鸞の部下も牢にいることを告げる。

「あなたが邪魔な人間がいるのです。ここにも凶手が伸びてくると思われます。敵を炙《あぶ》り出して、策略を暴きたいのです」

叡清は密かに持ち込んだ武器を、涼鸞に渡す。涼鸞は眸を瞠った。刀に見覚えがある。

「陛下が日常守り刀として側に置かれている刀です」

やはりそうかと刀をしげしげと見た。柄の飾りに紅玉がつけられ、鞘は翡翠《ひすい》や碧玉を散りばめた黄金造り。以前奉納舞いの舞人を務めたとき、慶雅から渡されたのもこの刀だった。そして引き抜いた刃は、当然白剛石。

何度見てもその輝きに感嘆の声を上げてしまう。計り知れない価値のあるこの守り刀を寄越《よこ》したことに、慶雅の深い厚情を感じた。

守り刀を鞘に収めながら叡清に聞く。

「凶手を寄越すのは桔丹か」

「おそらく。元凶に辿り着くために、できれば殺さないで生け捕りにしてください」

「難しい注文をつけるものだ」

涼鸞は苦笑した。

「ここへ来る前、部下の方たちにもお会いしました。あなたがご無事であることをお伝えし、協力をお願いしてきました」

「刺客は本当に来るのか？」

「再調査が始まったのを察すれば間違いなく。ところで一番有力な証拠だったのは、あなたがお持ちだった玉なのですが」

叡清は玉の所在を尋ね、涼鸞は偵騎の途上でなくしたことを告げた。

「女官長が、知っているはずだ」

「わかりました」

他にも幾つか打ち合わせをして、叡清は帰っていった。

一人になると、涼鸞は粗末な台の上に横になった。

守り刀をじっと眺める。

愛しく想っていた……。

慶雅の言葉が蘇った。

聞いたときは、何を言う、という反発で撥ね返したが、今はその想いを受け止めることができる。慶雅が死んだかもしれない、と思った瞬間の動揺が、自分の心の奥底にあった真意を引きずり出したのだ。

慶雅の心が、この白剛石の刀に込められている。だとすれば、見事刺客を捕らえてその期待に応えたい。

ふと、羅緊はどこまで行っただろうか、と思いを馳せた。馬を乗り潰しながら進んでいれば、もしかすると呈鶻に着いているかもしれない。そんなに早く着くはずがないと、華王朝の人間なら言うだろうが、それは呈鶻の民の、騎馬の腕を知らないからだ。

呈鶻の一軍を従え、慶雅と足並みを揃えて進軍していく自分の姿が浮かんだ。それはきっと、間もなく実現する未来の情景だ。

あれやこれやを考えながら、最後はまた慶雅に思いが向き、心がふわりと温かくなる。

手にしていた煌びやかな刀を身体の陰に隠し、眸を閉じた。

見ていろ。賊を捕らえて慶雅の前に突き出してやる。

凄みのある笑みが唇に浮かんだ。

そのまま、少しうとうとしたかもしれない。

「涼鸞」

と密やかに呼ぶ声に、はっと眸を開けた。

「まさか……」

厚い長衣を纏って、慶雅が立っていた。牢内の乏《とぼ》しい灯りで見ても、顔色が悪いのがわかる。涼鸞は飛び起きて、駆け寄った。檻の隙間から伸ばされた慶雅の左手を握る。少し熱もあるようだ。たっぷりとした長衣の下で、右肩に巻かれた分厚い包帯が見える。

「起きてもいいのか」

「よくない。皆がうるさいので、こっそり抜けてきた」

涼鸞の問いに、慶雅は顔を顰《しか》めた。

「うるさいのも当然だ。なぜおとなしく寝ていない」

心配のあまり、言い方がきつくなった。

「冷たいな。そなたにどうしても謝りたかった私の気持ちを汲《く》んでくれないのか。心から許してもらいたいと思っているのに。そなたへの仕打ち、そして牢へ入れたことも……」

苦悩で陰った声で言いながら、慶雅は涼鸞の手を握り締める。

「頼むから、私の側にいてくれ、……っ」

ぎゅっと握ったことで、肩の傷に痛みが走ったようだ。表情に苦痛の色が浮かんでいる。

「わかった。わかったから、俺からも頼む。室へ戻ってくれ」

見ていられなくて、行け、と握られた手をそっと押しやる。

負傷を押してここまで来てくれたことで、残っていたわだかまりも消えた。これだけの怪我なら、まだ安静を保っていなければならないはずだ。

「わかった。また来る」

名残惜しそうに慶雅がきびすを返した。動きがゆっくりだ。相当痛みがあるのだろう。

歩き出した慶雅が立ち止まる。

「私の守り刀は届いたか？」

「ああ。叡清から受け取った」

涼鸞は、柄をちらりと覗かせた。

「刺客は必ず来る。そうなるよう手は打った。見張りも置いておくが、牢内に入るまでは手出しができない。叡清が何を言ったかは想像がつくが、かまわぬ、殺せ。そなたが危険を冒《おか》す必要はない。一撃で倒してしまえばいい」

涼鸞は苦笑する。

「刺客を一撃でとは、ずいぶん俺の腕を買い被ってくれたようだ」

「買い被っているのではない。そなたの腕を知っているから言うのだ」

言い残して、今度こそ慶雅は出て行った。

刺客が来る、と言われても実感は湧かなかった。

夜が更けていく。まだ異変はない。適度な緊張感を保持しながら、涼鸞は待ち続けた。

かたり、と小さな音がする。全身に緊張が走った。背後に隠した守り刀を握り締める。

それきり、音はしない。だが、殺気が近づいてくるのが感じられた。呼吸を乱さないように、これまでと同じような間隔で息をした。

次の瞬間、涼鸞の目の前に刺客が現れた。黒っぽい衣装に身を包み、顔も布で覆っている。刺客は駆け寄ってくると檻の隙間から槍を突き込んできた。守り刀がなければそのまま串刺しにされていただろう。

まさか槍を持ち出してくるとは。

意表をつかれながらも、涼鸞は抜きはなった守り刀で槍を受け止めた。刃は白剛石である。紙でも裂くように、やすやすと槍の穂先を断ち割った。

刺客はぎょっとしたように槍を引き、涼鸞が構えている刀を見た。

「白剛石か」

くぐもった声が漏れた。同時に、これが罠だと悟ったようだ。反転して逃げ出そうとしたところに、衛士たちが殺到した。自死させるなと命じられていた彼らは、寄ってたかって賊を押さえつけると、舌を嚙まないように枚を口の中に押し込んだ。

衛士たちが慌ただしく刺客を引き立てていき、牢内に静寂が戻った。涼鸞はほっとして身体を横たえた。今夜迎えが来て牢を出されるのか、それとも明日か。

刺客を撃退したからには、待っていればいい。

釈放の手続きが間に合わなかったのか、迎えが来たのは、翌日の午後だった。衛士から、自分の部下たちも牢から出たことを教えられた。すでにあてがわれた宿舎に戻っているようだ。

あとで様子を見に行こう、と思いながら、人が右往左往する中を、涼鸞は導かれて歩いた。まだ何がどうなったのか聞いていないが、この騒ぎが出陣の準備だということはわかる。きっとこちら側に入り込んでいる諜者がわかり、排除したのち、桔丹に決戦を挑もうとしているのだろう。

桔丹との決戦は望むところだ。自分も一緒に戦いたい。慶雅に会ったらそう訴えるつもりでいる。

やがて慶雅の室に入った。そこここに慶雅の香りを感じて、ほっとした。

待ち受けていた女官たちに湯殿へ案内され、汗を流す。室へ戻り、そわそわしながら待っていると、さっと扉が開いて慶雅が入ってきた。傍らに叡清が寄り添っている。恋童ではないと慶雅に断言されたからか、二人を見ても心は安らかだ。眸が曇っていなければ、叡清の捧げるのは忠誠だと、聞くまでもなくわかっただろうに。

「陛下。お願いですから安静になさってください。出陣など、もってのほかです。医師が卒倒しそうになっていましたよ」

至誠を表に表して諫言する叡清だが、慶雅の眸は、部屋に入るなり真っ直ぐ涼鸞に向けられて揺るがない。涼鸞も逸らさずそれを受け止めている。叡清も気がついた。見つめ合う二人に、仕方がないと肩を竦め、諫言を中断して室を下がっていった。

涼鸞がいれば、慶雅がおとなしくしていると、判断したのだろう。

「涼鸞……」

慶雅が、掠れた声で名を呼んだ。涼鸞は腰掛けていた椅子から立ち上がって、手の届くところに行く。慶雅は左手だけで、涼鸞を抱き締めた。

「そなたが帰ってきてくれたことが嬉しい」

心からの言葉とわかるから、涼鸞も両手で慶雅を抱き締めた。寄り添ってみると、まだ慶雅の身体は熱を持っていることに気がつく。叡清が心配するのも当然だ。

涼鸞はそっと身体を離し、寝台の方へ慶雅を押しやった。

「そなたも私に寝ていろ、と言うのか」

苦笑しながら、慶雅は素直に従った。

「では、そなたも一緒に」

腕を取られて誘われた。拒むことなく一緒に横たわる。

「怪我をしていなかったら、抱きたいのに……」

熱っぽく言われて、笑いが込み上げる。

「抱きたければ、早く怪我を治すことだ」

当然のことを諭《さと》すと、慶雅が拗《す》ねた。

「そなたは、私が嫌いなのだ」

大の大人が拗ねても可愛くもなんともない。涼鸞は素っ気なく答えた。

「嫌いではない」

「では好きか？」

熱心に見つめられると、ふわふわと泡立つ想いがあった。

「ああ、好きだ」

あっさり言ったのが、気に入らなかったようだ。

「本当に好きなのか。いや、私のしたことを思えば、そう簡単に好きになるはずがない。盟約のために心を殺しているだけなのだ。きっとそうだ。そんな好きはいらない」

涼鸞を左手で抱え込んだまま、ぶつぶつ呟いている。黙って聞いていると、おかしくて仕方がない。それでもその言葉の中から、慶雅が自らの行為を反省し、真摯な気持ちになっていることが伝わってきた。

「好きだとか嫌いだとかは、あとで改めて考えればいい。それより、どうなったのだ。諜者は誰で、ことはうまく収まったのか。俺を牢に入れただけの結果は出たのだろうな。そもそもどうして盟約を交わす気になったのだ。俺は何も聞かされていない」

繰《く》り言を聞いていても仕方がないので、話を逸らした。

「盟約については、そなたを見ているうちに心が決まった。私が貶めてもそなたは前言を翻さなかった。叡清を人質にして失った真を、そなた自身の身で贖ったのだ。しかも私の仕打ちに含むところはあるだろうに、全身全霊で勝利を祈って舞ってくれた。呈鵲がそなたと同じ真を持つのであれば、手を携えて進むのに、これ以上の相手はいない」

じっと見つめられて、視線を逸らした。慶雅の言葉が自分への賞賛で溢れているのが、面映ゆかったのだ。

「……盟約は、わかった。諜者は？」

急いでもう一方の話題に移る。涼鸞の気持ちがわかるのか、慶雅は沁み入るような笑みを浮かべて、あとを続けた。

「……諜者は一人ではなかった」

慶雅は急転した事態について説明した。

主たる諜者は、たくみに取り入って、皇帝の厚い信頼を得ていた側近の一人だった。この男の指図で密偵が横行していて、こちら側の情報がすべて桔丹側に漏れていたのだ。

郡庁舎内の諜者は女官の一人で、慶雅の身辺を探って内通していた。

涼鸞は当初呈鵲の女と見られていた。諜者の女官が側に侍るようになったのがごく最近だったので、わからなかったらしい。ところが偵騎に出たことで男とわかり、さらに王子であることも知れて、諜者たちは慌てた。たちまち謀略が組み上げられ、涼鸞が聖帝暗殺を企んだとして、盟約ごとの抹殺《まっさつ》を謀ったらしい。

玉は偵騎で失ったのではなく、帰還して着替えるときに落ちたのを女官が素早く隠したもので、それが襲撃者に渡っていた。ついでに言えば、偵騎のあと、慶雅が誤解するよう仕向けたのもこの女官だった。

涼鸞の疑いはもちろん晴れ、正体のばれた諜者たちはすべて捕らえられた。

彼らの内通と見せかけて、桔丹の王に密書が渡っている。それは聖帝の死と、混乱の極致にある禁軍の内情を書き連ねたもので、王はこれを見れば、一気に攻勢をかけてくるだろう。

「それを迎え撃つために、今諸処に手配りをしているところだ。こちらも総力を結集して、この決戦で桔丹を撃破する」

慶雅は涼鸞を見つめながら力強く宣言した。

誘き出した桔丹を痛烈に叩く作戦だと聞いて、涼鸞は武者震いした。苦しめられてきた桔丹に、自分も一矢報いたいと、従軍することを申し出た。

「故国から兵を呼び寄せるのは間に合わないから、俺と俺の手の者だけになるが、呈鶺の旗を立てたい」

「いいとも。そなたは本陣で私の側にいればいい」

「本陣？　まさかその身体で出陣するのか」

涼鸞が、がばっと身体を起こした。乗り上げるようにして、慶雅を覗き込む。

「痛い……」

その動きが肩に響いたのか、慶雅は顔を顰めながら涼鸞を抱き寄せようとした。それを払い除け、迫る。

「答えろ」

「行く。当然ではないか。側近に諜者がいたことで意気消沈している皇帝に、指揮は預けられない。この一戦、私が采配《さいはい》する」

言い切った慶雅を、涼鸞はしばらく呆れたように見ていた。

「馬に乗れるのか」

分厚く巻かれた包帯に眸を向けながら言うと、

「決戦は今日明日ではない。桔丹側も用心深く準備を整えてくるはずだ。そのときまでには、もう少しよくなっている。乗るだけなら、できるだろう。兵車という手もある」

慶雅は昂然と顎を上げた。まだ反駁《はんばく》するかと、涼鸞を睨んでいる。

「わかった」

舌鋒《ぜっぽう》を収め、涼鸞は慶雅の傍らに横たわった。万一のときは自分が慶雅の手足になり、盾にもなればいいと、思いを定めたのだ。心が決まれば、何も憂いはない。

いいのか？　と言いながら触れてきた手に、素直に身を委ねる。

涼鸞を胸元に引き寄せ、滑らかな肌膚に手を滑らせながら、慶雅は、

「この怪我さえなければ」

とまたも悔しそうに呟いていた。それを聞いた涼鸞は、思わず失笑し、顔を上げて自ら慶雅の唇に自らのそれを押し当てて、囁いた。

「快癒《かいゆ》したときの楽しみが増すと思え」

約束とも聞こえるそれに、慶雅はますます無念の表情になった。


決戦のときは間もなくだ。

桔丹の動きを見ながら、慶雅は密かに陣形を変える指図をした。虚を実とし、実を虚にする作戦だ。人馬を移したあとに穴を掘り仕掛けを施して、桔丹の騎馬を陥れる工夫をした。立ち往生した敵を、横合いから撃滅するのだ。戦場に次々と罠が仕掛けられた。

安嶺からも兵が出た。この邑は空にしていい、という慶雅の命令で、一兵残らず戦場へ投入された。一度に移動しては敵に気づかれるので、三々五々邑を出て行く。

多忙な毎日を過ごしながらも、頑健な慶雅の身体は顕著《けんちょ》な回復を示していた。包帯を替えるたびに、傷口に肉が盛り上がり癒えていく様子がわかる。ただ安静にしてはいられな

いせいで、ずっと微熱が続いていた。疲労も蓄積していて、夜、寝台に横たわると、死んだように寝てしまう。

傍らにある叡清も涼鸞も、慶雅の体調を心配していた。忠告したくても、この状況では無理だとわかっているから、二人で顔を見合わせてはため息をつき合っている。

涼鸞の部下も、出陣を待ち侘びていた。旗を立ててよいと許可が出ているので、人数以上の夥しい数の旗を用意している。遠くから見れば、呈鶻の一隊が陣を張っているように見えるだろう。

その準備を指図するために出向いた涼鸞に、慶雅がついてきた。そして、集まった部下の中に小児を見つけたのだ。出会いのきっかけとなった、毒針を使おうとした小児だ。

「涼鸞！　最初から仕組んでいたのか」

振り向いて涼鸞を詰る。

「不服か？」

涼鸞は言い訳せずに、腕組みをして胸を張った。

「不服だと言いたいが……。いや、やめておこう。それでそなたに会えたわけだから。ただし、感謝はしないぞ」

不満たらたらながら水に流した慶雅に、涼鸞は小児を呼び寄せて紹介した。

「委葉という。軽業のできる小児だ。いろいろ役に立ってくれている」

それは役に立っただろうと、さすがに慶雅もむっした顔になる。

「私は涼鸞の掌で転がされているようなものだ」

掌に乗せているのはどっちだ、と涼鸞は思ったが、聞き流すことにした。

やがてすべての準備が整い、慶雅は安嶺を出立した。体調は相変わらずよくなさそうだ。傷は治りかけているのに、痛みは強いとみえる。苛立ちがときおり表情に表れていた。

涼鸞は、自分のものとして下げ渡された汗血馬の白光に乗って、いつでも手助けできるように慶雅の側に控えた。

まだ、聖帝旗は伏せてある。桔丹は、未だに聖帝は死んだと思っているはずだ。

幕舎についたとき、真っ先に皇帝がやってきた。

当代の皇帝は、晶国から出ている。内治には顕著な功があった。

皇帝は、

「自らの不明で、陛下の民を大勢殺してしまった。戦は自分には向かない。これからは陛下の手足となって働きたい」

と謙譲《けんじょう》の言葉を述べた。

涼鸞の眸に、初老の皇帝は、憑《つ》き物が落ちたような、さっぱりした顔をしていると見えた。これなら、戦いが終わって平和が訪れたとき、また力量を発揮しておだやかな統治が続いていくだろう。

慶雅も皇帝の手を取り、

「よろしく頼む」

と信頼していることを告げた。さらに、指揮権を剝奪《はくだつ》したのは、一時的なものであることを改めて強調した。

端から見れば芝居じみているが、外にも内にも、形を見せておくことが必要なときもある。決戦を前にして、不和の種があってはならない。聖帝と皇帝の間に間隙《かんげき》があるという噂もこれで払拭できるし、更迭されることはないと安心した皇帝も本来の力を取り戻すことだろう。

作戦会議が開かれ、慶雅は陽動作戦と、それに続く反撃、さらに追撃戦の各自の役割を言い渡した。

聖帝旗は、桔丹軍を深く誘い込むまで伏せておき、彼らの目前で高々と立てる。同時に一斉に伏兵を立たせ、逃げると見せてそこまで誘い込んできた兵も反転させる。

「桔丹軍は、聖帝の征旗《せいき》を見て動揺し、伏兵に突かれて浮き足立ち、反転した兵士に襲いかかられて戦意を喪失するだろう」

慶雅は力強い声で一同に告げた。

聖帝の征旗が翻るのは、初代聖帝以来のことになる。皇帝に政を預けてから聖帝親征がなかったせいだ。厭戦気分が蔓延《まんえん》していた軍に、颯爽《さっそう》とした風が吹き抜けた。

決戦は、翌早朝と決定して、作戦会議は終了した。各自慌ただしく自分の陣に戻る。

慶雅は禁軍を統括《とうかつ》する大将軍の応盟を呼び止め、これまでの苦労を労《ねぎら》った。皇帝の指揮のまずさを、この人がなんとか補《おぎな》って最悪の事態を免《まぬか》れさせていたのだ。皇帝と禁軍の間に立って、どれほど心を砕いていたかを、慶雅は知っている。

「よくやってくれた。禁軍が崩壊しなかったのは、そなたのおかげだ」

その言葉で報われた、と応盟は瞼を熱くして一揖《いちゆう》（礼）した。

周囲から人影が去ると、慶雅は伸ばしていた背筋をやや丸めて、肩を押さえた。鈍い痛みはまだ続いているらしい。涼鸞は近々と立って、そっと慶雅に触れる。

「熱を持っている。医師を呼ぼう」

ならぬ、と言いかけて、慶雅は気を変えたようだ。やせ我慢して、明日起き上がれなくなっては困ると考えたのだろう。

涼鸞の合図で、こちらも心配そうにしていた叡清が、急いで幕舎を出た。間もなく白髪を蓄えた医師が入ってきた。慶雅の様子を見て、

「安静を守られないからです。動かなければ、内から熱を持つこともないし、痛みも去るでしょうに」

苦言を言いながら包帯を解き、傷口を露にした。矢傷はほぼ塞がっている。剣を振るうことも可能らしい。ただし動かすとかなりの痛みがあるようだ。

「今安静を保っていたら、王朝が傾く」

憤然として慶雅が言い返すと、医師は仄かに笑った。

「わかっております。ですからこうして、できる限りの手当を施しております」

新しい薬を塗り、包帯を巻き直すと、医師は下がっていった。明日鎧《よろい》をつける前にもう一度薬を取り替えれば、痛みを軽減できると言い残して。

「痛みがなくなれば、そなたを抱けるな」

医者がいなくなってから、慶雅は傍らの涼鸞に手を伸ばした。

「それしか考えていないのか」

と皮肉を言いながらも涼鸞が、いやがらずに腕の中に収まるので満足そうだ。

「明日は負ける気がしない。そなたがいてくれるせいで、心に迷いがないからだ」

静かに告げる慶雅に、涼鸞も微笑した。

「勝利の暁《あかつき》には、あなたを所望しよう。肩が痛いなどという断りはなしだ」

「私が、報賞《ほうしょう》になるのか。それは嬉しい。ぜひ勝ち取ってくれ」

慶雅は涼鸞を抱き締めたまま、しばらく動かなかった。

勝てる、というところまで戦術を練って万全の備えをしても、そのときになれば何が起こるかわからない。明日のこの時間には、慶雅も涼鸞もこの世にいないことも有り得る。

寄り添いながら、夜は更けていった。


早朝、まだ日が昇らないうちに、炊煙が立った。

日が昇り出した頃、兵たちは戦いの支度を完了する。大軍の決戦である。桔丹側も、同じように決戦に備えて陣を引き締めているだろう。

やがて、戦風が吹き始めた。最初に鼓を鳴らしたのは桔丹側だった。粛々と馬が進んでくる。並足から早足へ、そして疾走へ。鼓の合図に従って、桔丹兵が突撃してきた。その後ろに兵車が続き、さらにその後ろは歩兵である。

華王朝側は、鼓で答えながら、一部の騎兵を前に出して、迎撃態勢を取った。が、実はこれは、桔丹側を深く誘い込むための囮《おとり》である。一当たりしただけで、騎馬兵は崩れ去り、自軍の奥へ逃走していく。桔丹の騎馬兵は当然そのあとを追った。

いきなり、突進していた騎兵たちが消えた。桔丹側から見れば、摩訶不思議《まかふしぎ》な現象は、用意していた穴に、騎馬ごと落ちてしまったことによる。

別の場所で襲いかかろうとしていた兵車も、同じように穴に嵌《はま》って動けなくなった。あちこちで同じような光景が繰り返される。

桔丹側は歯軋りしながら兵を引き、他の攻め口を探す。王朝側の陣に、一部へこみを見つけた桔丹軍は、勇躍《ゆうやく》してそこに集中して攻め寄せてきた。錐《きり》で揉むようにへこみ部分を広げていく。彼らは、相手の陣が簡単に割れたことを訝しく思うべきだったのだ。

桔丹軍を十分引き寄せたあとで、それまで左右に割れていた華王朝側の陣が、窄まり始めた。そして正面の手薄と思われた場所に、いきなり聖帝旗が林立したのだ。驚きはそれだけではない。夥しい数の聖帝旗とともに揚げられたのは、呈鶻の軍旗だった。

「聖帝旗だ！」

「呈鶻軍もいるぞ」

目の前でそれを見た兵たちも驚愕しただろうが、指揮所から望見した桔丹の王や将軍たちも呆然としたに違いない。彼らの知る事実では、聖帝は死に、呈鶻との盟約は成らなかったはずなのだ。

「どんな幻術が作用したのだ」

桔丹の王は歯嚙《はが》みし、将軍たちは声もなく立ち尽くす。

禁軍本陣にいた慶雅が手を上げた。今日の彼は兵車を利用している。手を振り下ろしたときが、反撃の合図だ。

「進めぇ！」

指揮下の禁軍は歓声を上げて突入していく。正面から左右から、そして背後からも。夥しい人数が、ひたひたと攻め寄せていく。

四方から包み込まれた桔丹軍は、たちまち倒れて数を減らし、かろうじて僅かの騎兵が囲みを破って自軍へ逃げ戻った。

初代聖帝の勇武を伝える聖帝旗が翻り、激闘を続ける自軍を督励し続けた。慶雅を守る近衛本隊には、まだ突撃命令が出ていない。槍を伏せ、待機の状態で、敵陣を睨みつけていた。

押し寄せる禁軍に、桔丹軍が動揺した。隊長らが声を嗄《か》らして落ち着かせようとするが、気圧《けお》されて浮き足立ってしまう。

敵軍に怯みが出たところで、呈鶻の旗が動いた。涼鸞が先頭になって、怒濤《どとう》のように切り込んでいく。馬上で続けざまに矢を射ながら、乱戦の中を駆け抜ける。見事な馬術と射術で桔丹軍に損害を広げていった。

「呈鶻に続け！」

という大音声がかけられた。それまで整然と進んでいた軍が乱れた。速い者は速いように、遅い者は遅いように、敵陣めがけて襲いかかる。

桔丹軍はひとたまりもなく、前線を破壊された。中軍、後軍に動揺が広がる。士とその側近、将軍たちは戦いつつ踏み止まっていたが、戦闘を放棄《ほうき》して逃げる兵が次第に増えていく。

聖帝旗を中心とした禁軍精鋭にも、前進命令が下った。慶雅の兵車を中心に、鼓を打ち鳴らしながら敵陣へ向かう。

前線を攪乱《かくらん》していた呈鶻軍の中から、涼鸞一騎が引き返してきた。誰に言われるでもなく、慶雅の兵車に付き添って護衛となる。

動く兵車の上で、慶雅は険しい表情で戦況を見つめている。涼鸞が来たことに気がついても、ちらりと眸をやっただけだ。

正面から押すだけでなく、慶雅は伏兵を桔丹軍の後方に展開させていた。今はまだ埋没しているが、敵が撤退を開始したときに、彼らが効力を発することになる。勝利を得ても、さらに追撃する態勢だ。

懸命の応戦をしている桔丹軍は、崩れそうで崩れない。王が引かないからだ。周囲にはまだ最強の近衛部隊が残っていて、華王朝軍に僅かの隙でもあれば、形勢を逆転するべく奮闘している。

「どうするか……」

呟いた慶雅の声を、涼鸞だけが聞いた。

同じように敵陣を見つめていた涼鸞が、にっと笑う。慶雅が気がついたことに、涼鸞も気がついたのだ。戦闘部隊を繰り出し続ける桔丹王の周囲に、間隙が生じていた。そこをつけば、まっすぐ王の元に辿り着ける。涼鸞は慶雅を振り向いた。

「桔丹王を、進呈《しんてい》しよう」

言い捨てていきなり一騎で突進し始めた。

「待て！　涼鸞。一人では無理だ」

叫び声は届かない。両軍入り乱れて戦う平原の向こう、やや小高くなったところに、桔丹軍の本陣がある。涼鸞は真っ直ぐそこを目指していた。

横から突きかかってきた敵兵を振り払い、反対側からの攻撃をかろうじて躱す。弾みで兜《かぶと》が転げ落ちた。陽光に煌めきながら、金髪が背に流れ落ちる。

白光が威嚇するように嘶《いなな》いて後足で立った。周囲から一斉に人が引く。その間に涼鸞は再び走り出した。純白の馬体。流れる黄金の髪。白銀の鎧。戦場を切り裂いていく絢爛《けんらん》たる麗容《れいよう》に、道が開いた。

　本陣が目の前まで迫ったとき、傍らに人の気配を感じて眸を向けた。

「慶雅！　何しに来たっ」

「何しに、とはご挨拶だな。戦をしているつもりだが」

「聖帝たる身が……」

　体調が悪いから兵車にいたはずなのに、これも敵を欺《あざむ》く擬態《ぎたい》だったのかと思うほど、はつらつと馬を走らせている。

「この一撃で、戦いは終わる」

　きっぱり言って、慶雅は、どちらが先に着くか競争だ、と笑いかけてきた。

　負けるものか、と馬の速度を上げながら、涼鸞は感動に胸を震わせていた。自分が飛び出したから、慶雅が来たのだ。守るつもりが守られている。危険を冒しているつもりはなかったが、端から見れば危うい行動だったのだろう。

　が、それはそれ、これはこれ。桔丹王はこの手で捕らえる、と涼鸞は手綱を握り締めた。身体を馬体に伏せるようにして、さらに速度を上げる。あっという間に慶雅を引き離した。なんと言ってもこちらが御しているのは汗血馬なのだ。

　途中でやや迂回し、横手から本陣に駆け上がる。布陣の間にあった間隙をついた涼鸞は、邪魔されることなく、王の前に躍り出た。

横合いから飛び出した涼鸞に、王を守っていた近衛兵がようやく気がついた。

「いったいどこから！」

呆然としている暇はなく王の前に立って防ごうとするが、涼鸞の方が早かった。桔丹王の前を通り抜けざまに、鞭を振り上げる。長い革の鞭がしなって、するすると伸びていき、逃げようとした王の首に巻きついた。

「ぐわっ」

首を絞められ引っ張られた王は、体勢を崩してどうっと倒れた。その衝撃をなんとか堪えた涼鸞は、鞭をしっかりと掴みながら走り去る。王は、それ以上首が絞まらないように鞭にしがみつき、引きずられていった。

「呈鵲め！」

側近たちが追ってくる。だが、その後ろから、遅れた慶雅が走り込んできた。そしてさらにその背後には、飛び出した聖帝を守ろうと近衛隊が迫っていた。

桔丹王の本陣は掻き回されて壊滅する。戦っていた兵たちも、異変を知って逃げ始めた。戦闘が急速に終結し始める。

慶雅は、近衛隊が掲げてきた聖帝旗を、桔丹の旗を押し退けてその場に立てさせた。戦場から、凄まじい歓声が上がる。華王朝軍は勝利に沸き立ち、桔丹兵は蜘蛛《くも》の子を散らすように逃げ散っていった。

馬から降りてじっとこちらを見ている涼鸞に、慶雅が歩み寄る。傍らに息も絶え絶えに座っている桔丹王がいた。屈辱に唇を噛み締めている。

涼鸞が王を摑まえている鞭の柄を差し出した。

「約束通り、桔丹王を進呈する」

慶雅はすぐには受け取らず、

「どうやって外すのだ？」

と桔丹王の首に幾重にも巻きついた鞭を見た。

涼鸞はちょっと笑って手首を捻った。するとそれだけで、王の首に強固に巻きついていたように見えた鞭が、するりと外れたのだ。

「やはり妙技だな」

感心したように言って、慶雅は桔丹王に手を差し出した。

「立たれよ。我が国は捕虜を丁重に扱う」

ぎりぎりと歯を食い縛っているのだろう。桔丹王の顔が悔しさで歪んだ。慶雅の手を払い除けて、自力で立ち上がる。

慶雅は兵車を呼び、王を乗せた。厳重に護送するよう言いつける。近衛兵たちが兵車を守って離れていくと、慶雅はようやく涼鸞に意識を向けた。

「頼むから、無茶はしないでくれ。寿命が縮まったぞ」

両腕を広げて、涼鸞を抱き締める。

「俺の行動であなたの寿命が縮まったのなら、あなたの行動で近衛隊士の寿命が縮まっただろう。ま、終わりよければ、すべてよしだ」

一瞬だけ、その温もりを楽しんでから、涼鸞は慶雅を押しやった。

「ほら、することがあるだろう」

手を振って示した先に、幕僚《ばくりょう》たちが集まって指示を待っている。慶雅は仕方なさそうに彼らを見ると、ひとまず涼鸞を諦め、矢継ぎ早に命令を下していった。その合間に涼鸞が馬を引くのを見て取ると、

「どこへ行く」

と声をかけてくる。慌ただしい中、よく見ていると呆れながら、

「俺も部下たちの安否が心配だ。様子を見てくる」

と答えて、馬に跨り、走り去った。

ついに、桔丹軍が敗走した。

涼鸞は胸の内で喜びを嚙み締めている。

国境の邑が次々に落とされたと知らせが来て、涼鸞たちはいきなり激闘に巻き込まれたのだ。桔丹は、華王朝には白剛石を求め、呈鶻には土地を奪いに来た。

緒戦の敗戦が尾を引いて、押され気味の故国を救うには、華王朝と結ぶしかないと思った。長い旅を経て、ようやくここまで来た。

禁軍は沸き返っていた。涼鸞が通り過ぎると歓声が上がる。涼鸞の本陣突入を、大勢の兵士が戦いながらも見ていたのだ。戸惑いながら、彼らの歓声に手を上げて応え、旗の下に集まってい自分の部下たちを見つけ出した。

「殿下!」

涼鸞を見て委葉が駆け寄ってくる。身軽に馬を降りながら、

「皆は無事か」

と真っ先に尋ねた。

「はい。怪我人は出ましたが、無事です」

攻撃の途中で慶雅の元に行ったので、気になっていた。無事と聞いて、肩の荷が下りる。

「さて、引き上げるか」

大軍の引き上げには時間がかかる。撤退計画に従って、順次陣を払っていく。徴兵した各国の軍、皇帝直属軍、そして聖帝の近衛軍。

各国軍はそのまま自国に帰っていくが、怪我人は安嶺に残されて治療を受ける。涼鸞たちが安嶺に帰り着いたとき、そこここに集められている負傷兵で邑内はごった返していた。医療の心得のあるものは総動員されて、治療に当たっている。

「戦とは、虚しいものだな」

負傷者を見ていると、そんな気分にもなる。ふと、治療している医師の中に叡清を見つけた涼鸞は、部下たちに先に宿舎に帰るように言って、近づいていった。

「叡清、そなた、医師だったのか」

声をかけられてびくっと振り向いた叡清は、涼鸞を認めてぱっと笑顔になった。

「涼鸞様。ご無事で何よりです」

「ああ、なんとかな。で、そなたは……」

「父から伝授された薬草の知識がありますので、微力ながらお手伝いをさせていただいています」

「そうか」

「あの、陛下は？」

それが一番気にかかるのだろう。

「ご無事だ。間もなくご帰還になるだろう」

涼鸞は眸に微笑を浮かべながら答えた。

「何にもまして嬉しい知らせです」

叡清も笑みを返して、負傷者の治療に戻った。

宿舎に戻った涼鸞は、部下たちと一緒に武装を解き、戦闘の汗を流した。大勝利のあとだから、賑やかだ。口々に戦功を言い立てては、違うだろうと突っ込まれて笑い合っている。炊き出しがあちこちで始まっていて、涼鸞は彼らに指図して温かな食べ物を取ってこさせた。輪になって座り込み、食べながら話に興じていると、ふと孤独が身に沁みた。

ここに、慶雅はいない。そして盟約が締結《ていけつ》された暁には、別れが待っている。自分は締結の報告を持って、故国へ帰らなければならない。

胸が締めつけられるように痛んだ。別れれば、おそらく今生《こんじょう》で会うことは叶わないだろう。そんなことを考えていると、自分は何をしているのだ、と腹が立ってきた。別れが迫っているのだ。こんなところでうだうだしているより、残り少ない時間を慶雅の許で過ごしたい。

いきなり立ち上がった涼鸞を、委葉が見上げた。

「どうなさったのですか？」

「少し、外を歩いてくる。皆は好きにしていろ」

言い置いて、宿所を出た。

今夜の安嶺は、祝賀気分で皆浮かれている。あちこちで焚き火を囲んで、飲みながら食べながら語り合っていた。灯りに涼鸞の顔が浮かび上がると、誰もが親しげに敬意を表してくる。

どうやら俺は、今日の戦いの英雄になっているらしい。

擽ったい気分になった。

呼び止められないように、なるべく暗がりを通って先を急ぐ。

郡庁舎に、慶雅は帰ってきているのだろうか。

思いながら、建物に足を踏み入れたときだった。

わっと口々に何かを叫んでいる廷臣《ていしん》に取り囲まれた。何事だと眸を瞠っていると、どうやら彼らは自分を捜していたらしい。

衛士たちも次々に駆けつけてくる。皆汗だくで、涼鸞を見てほっとした顔になる。

「どうしたんだ、いったい」

何かあったのだろうかと、心配になる。

衛士長が、

「殿下のお姿が見当たらないので、陛下が全員に捜すよう命令なさり、皆で走り回っていました」

「全員？」

呆れて聞き返すと、衛士長は真面目な顔で頷いた。

「郡庁舎内に勤める者、衛士、侍官、侍臣、女官……。とにかく全員です」

「……なんでまた。俺は部下たちのところに行くとちゃんと言ったのに」

「ともかく、いらっしゃってほっとしました。どうぞこちらへ」

衛士長に先導されて、慶雅の室に向かう。

征衣を脱ぎ、ゆったりした衣服に着替えていた慶雅が、入ってくる涼鸞を見て、脱力したように椅子に腰を下ろした。

「よかった。いた……」

小さな呟きが聞こえ、涼鸞は苦笑した。どうやらまた、自分が慶雅を避けてどこかへ行ったと思ったらしい。

「何か用だったのか？」

人払いする慶雅を尻目に、卓の上の酒器を取り上げる。杯が一つしかなかったから、それに注いでぐいと飲み干した。

腕で唇を拭ったとき、背後から慶雅が腕を回してきた。

「涼鸞……」

深い想いを込めた声で名前を呼び、頬を寄せてくる。

背中に、次第に速くなっていく慶雅の鼓動が伝わってくる。つられるように、涼鸞の心臓も高鳴っていった。

「勝利したのに、そなたは報賞を取りに来なかった」

「だからといって、総動員して探させることはないだろう。部下たちのところに行くと言ったはずだ」

呆れながら言うと、慶雅は深いため息をついた。

「もちろん、真っ先に人をやったとも。ところがそなたはいなかった。叡清がそなたに会ったとは言っていたが、それもずいぶん前のことだ。だからまた、どこかへ行ってしまったのかと思って……」

「よほど俺が信用できないのだな」

「信用するしないではなく、この腕にそなたを抱いていないと安心できないのだ」

その言葉を嬉しく聞きながらも、別れるときが来たらどうするのだ、と内心で呟いている。面には表さなかったが。

「今は、いるぞ」

涼鸞は、慶雅の腕の中で身体を捩り、正面から向き合って瞳を覗き込んだ。

「深い闇のような眸だ」

「そなたは、蒼穹《そうきゅう》を思わせる綺麗な瞳を持っている」

「褒めても何も出ないぞ」

笑いながら涼鸞は慶雅の胸を押した。一度離れて、寝台へ向かって歩き出す。

「せっかくの申し出だから、報賞をいただくとするか。どうした、来ないのか?」

寝台に腰を下ろし、沓《くつ》を脱ぎながら呼ぶと、ようやく慶雅が動いた。隣に座って涼鸞を抱き締め、顎を掬い上げる。

「涼鸞……」

名前を呼んで口づけてきた。軽く合わせただけで離し、顔を縁取る金髪に指を通して、さらさら流れる感触を楽しんでいる。そうしながらしげしげと顔に見入った。

「何か、ついているのか?」

あまり熱心に見られると、照れ臭くなってしまう。顎に触れている手を押し退けようとすると、逆にその手を握られた。

「出会ったとき、この顔を女と思ったのが、今となっては信じられない。どこからどう見ても、男なのに」

「その俺に、女装させたのは誰だ？」

ちくりと皮肉を言うと、

「……綺麗だった」

矛盾した答えを返してくる。

「色惚《いろぼ》けか」

嘲《あざけ》るつもりで言ったのに、慶雅は真面目な顔で頷いた。

「そなたが愛しくて堪らない」

いきなり告げられて、心構えのなかった涼鸞はかっと赤くなった。

「ちょ……、放せ」

顔を背けようとしたのに、両方の頬を押さえられて、慶雅の顔が迫ってくる。

「抱きたい」

小鳥が啄《ついば》むような口づけを続けながら、情熱に陰る瞳で囁かれると、腰砕けになってしまう。押し倒されて、顔中に口づけを施された。

涼鸞も自分から腕を伸ばして、慶雅を引き寄せた。深い口づけに誘っていく。舌が触れた。離れがたく絡み合い、戯《たわむ》れながら貪っていると、次第に感情が昂っていく。飲み切れない唾液が零れ落ちた。

慶雅が、涼鸞の襟元をくつろげた。喉に唇を押し当て、強く吸う。つきりと痛みが走って、涼鸞は眉を寄せた。きっと赤い痕が残っているだろう。

続いて帯も解いてしまった慶雅は、涼鸞の前を開いた。慶雅の手が胸を撫でた。心臓がどきどきと脈打っているのが伝わっただろう。肌理細《きめ》かな肌を、慶雅が探索していく。さらさらと滑っていく手に、涼鸞は吐息を漏らした。

涼鸞が慶雅の着物に手をかけた。初めての積極的な動きだ。慶雅は涼鸞の邪魔はせず、自分は自分で、美神の身体を覆っている布をせっせと剝いでいった。

喉から胸、胸から腹、そしてその下へ。慶雅の眸が愛でて過ぎるにつれ、見られたところにぽつりぽつりと快楽の火が灯り始めた。

賛美《さんび》しながら触れられて、羞恥を感じながらも与えられる快感に身を任せた。

胸を撫でられれば、すぐに小さな芽が芯を持つ。両方一度に揉み込まれ、涼鸞は甘い声を上げた。

慶雅は屈み込んで舌で突起を押し潰し、舐めて嚙んで吸い上げる。焦れったいほど丁寧な愛撫に、涼鸞は唇を嚙んだ。

「くっ……」

感じている声は、できるだけ出したくない。けれど、我慢していると、逆にとんでもない艶声が飛び出しそうだ。されただけ、相手を感じさせたいと思っても、慶雅の背に置いた手は止まりがちで、時々思考も止まる。それほど慶雅の愛撫は気持ちがいい。

合間合間になんとか慶雅の着ているものを脱がすことができた。途端に肩の傷痕が眸に飛び込んでくる。包帯もなく、剝き出しのままだ。

「痛くないのか」

指でそっと触れていた。

「触るとまだ痛みはある。だがもう大丈夫だ。出陣前に医師の手当てを受けて以来、痛みは鈍いものに変わっている。それに、肩が痛いことを理由にしてはいけないのだろう？」

涼鸞自身の言葉を使って、ここでやめるつもりはないと告げる。

「やめようと言っているわけではない」

涼鸞は慶雅をやんわり押して、今度は自分が上になった。互いに着るものは脱いでいたから、素肌のままだ。密着する肌が気持ちいい。

涼鸞は肩の傷に唇を押し当てた。もう少し下だったら、とぞっとする。その想いを込めて、少しでも早く完治するようにと舐めた。

それからがっしりした胸を撫で回し、長槍を楽々扱う腕に触れた。脇腹から腹に進み、すでに顕著な膨らみを持っている慶雅自身に行き着いた。身体をずらし、手で触れたあと、唇を寄せていった。

されるままになっていた慶雅が、驚いて声を上げる。

「涼鸞！」

ちらりと上目遣いに慶雅を見たが、かまわず茎の部分に舌を這わせた。舐めながら、付け根の双珠《そうじゅ》を揉みしだく。

「んっ」

涼鸞の思い切った行動に、慶雅が呻き声を上げた。

硬い、弾力のある熱塊が、慶雅の力の源だと思うと、触れるだけでは我慢できなくなった。思い切って口を大きく開け、口腔に導き入れた。さすがに全部を呑み込むのは無理で、余った部分を手で刺激しながら、顔を上下させた。

感じているのだろう、先端から苦みのある液が滲み出ている。舌で押し潰すようにすると、液の量が増えた。

一度昂りを口から出し、濡れた唇を舌で舐めた。

「まずい」

「……涼鸞」

慶雅の脱力した声がする。もう一度昂りを含もうと顔を下げると、その前に止められた。

「待て、私にも触らせろ」

互いに身体の向きを替え、涼鸞は慶雅のそれを弄り、慶雅も涼鸞自身と、その奥の蕾の攻略にかかった。

慶雅の手が、双丘を揉む。際どいところに忍び込んでくる指に、涼鸞は息を詰めた。慶雅の昂りへの愛撫が止まってしまう。しばらく思わせぶりにそのあたりを撫でていた手が、内股に伸びてきた。

「……ぁ」

付け根に達した指が、蜜をたっぷり含んでいる二つの珠に触れる。こりこりと揉まれてかっと体内の血が沸き立った。

そちらに気を取られていると、もう一方の手で蕾をつつかれる。

「やめ……」

腰を引こうとすると、たちまちがっちり摑まれて、動けなくなった。腰を押さえながら、長い指が蕾を探ってくる。

「濡らさないと」

「言うな……っ」

直接的な言葉に羞恥を覚える。涼鸞が恥じらうさまが楽しかったのか、慶雅は、

「狭くてきつい穴だ。このままでは指も入らない」

わざとあからさまな言辞を連ねた。

「慶雅！」

耐えられなくて身体を起こし振り向いた。羞恥に染まり、眦《まなじり》を赤くして睨むその姿が、どれほど艶冶《えんや》で相手の劣情をそそる風情だったか。

いきなり天地が逆転した。慶雅が身体を反転させて涼鸞を敷き込んだのだ。下から見上げる涼鸞を、情熱に溢れる眸が見下ろしていた。

「な……っ」

嚙みつくような口づけに翻弄《ほんろう》される。首を振って逃れようとしても唇は執拗《しつよう》に追ってくる。舌を引きずり出され、慶雅の口腔で甘嚙みされた。苦しいと、何度も慶雅の背を叩き、ようやく解放される。

口づけを解いたあと、唇は、喉や耳朶を彷徨い、今度は胸に狙いを定めてきた。小さな芽が赤く尖るまでさんざん舌で弄られる。舐められ、潰され、最後は歯で擦り潰された。痛いと思ったときには、愛撫は甘やかなものに変わっていて、柔らかく舐められて癒される。

喘ぎながら、涼鸞は背筋を引き攣らせた。股間の昂りが成長していた。腰を捩れば、それを慶雅に押しつけることになる。ぬるりと白いものが、先端から滲んでいた。

一方の胸が終わると、慶雅の唇はもう一方へ移動し、ほっとするまもなく反対側は指で揉まれた。ささやかな、普段はあるかないかわからないほどの粒が、慶雅の手で性感帯に変えられた。

指と唇で刺激されながら、涼鸞は無意識に腰を振っていた。猛《たけ》っている昂りをなんとかして欲しいと慶雅に押しつけ、下腹をひくひくと痙攣《けいれん》させた。

慶雅は顔を下げて、涼鸞の昂りを含んだ。先程のお返し、なのだろうか。悦すぎて、頭がどうにかなりそうだ。側面を舐められ、敏感な先端を指で摘まれた。込み上げてきた濁《だく》流《りゅう》が、行き場を失って渦を巻く。

「いきたい」

訴えたのに、慶雅は、

「まだだめだ」

と止める。

苦しめられた過去の記憶が蘇り、涼鸞は慶雅を見た。もしまた、嬲る気があるなら、許さない……。しかし慶雅は眸が合うと、身体を伸ばして涼鸞の唇に口づけた。

「少しだけ我慢すれば、もっとよくなる。それとも、今、どうしてもいきたいか？」

甘い誘いの声だった。安心して、涼鸞は慶雅に任せた。

「待つ」

涼鸞は、濡れた眼差しを慶雅に向けた。

「その眸は……」

何かを堪えるように慶雅はぎゅっと眉を寄せ、身体の動きも止めた。

「慶雅？」

囁くと、慶雅はいきなり抱き締めてきた。

「そなたがこの腕の中にいる至福を、今感じた」

「何をいきなり」

笑いに紛らわそうとしたが、抱き締める強い腕から慶雅の心が伝わってきた。

「……欲しくて堪らない」

掠れた声で言って、慶雅は涼鸞の蕾に指で触れた。

「ここに　入りたい……」

涼鸞は自ら足を開くことで、慶雅に応えた。

「早く、しろ」

ぶっきらぼうに言ったのは、誘う言葉が恥ずかしくて堪らなかったからだ。赤くなった顔を見られないように両腕で隠す。慶雅は無理にその手を押し退けようとはせず、隙間から、指で唇に触れる。

「もっと濡らさないととても入らない。それとも私が直接舌で舐めた方がいいか？」

「ば……っ」

慌てて腕を外して慶雅を見ると、包み込むような眼差しが待っていた。そんな眸で見るな、と顔を背ける。

慶雅が含み笑いをしながら、指で唇をとんとんとつついた。

「涼鸞？」

涼鸞は仕方なく口を開け、指を迎え入れた。慶雅にそこを舐められるなど、考えただけで耐えられない。

入ってきた指に涼鸞はたっぷりと唾液をまぶした。滴るほどに濡れた指を引き抜いた慶雅は薄く笑って、

「有り難う」

と、涼鸞に言う。

「言うな」

涼鸞はぷいと顔を背けた。大切にされているのはわかる。傷つけまいとしてくれている

のもわかる。しかしどうしてその行為が、恥ずかしくて堪らない感情を呼び起こすことになるのだろう。

慶雅が狭い入り口を解し始めると、それはますます酷くなり、居たたまれない思いで、涼鸞は何度も唇を噛んだ。

中に入ってきた指が、慎重に内壁を探りながらくつろげていく。一方の足を持ち上げられて、秘奥を晒す格好に固定されている。もうどうにかして欲しい、と何度か抗議の意味で腰を揺すったのだが、慶雅は、

「これではまだ、そなたを傷つけてしまう」

とさらに丁寧に指を使う。傷つけない、苦しませたくないという気持ちは、伝わってくるが、かえって涼鸞をもどかしくさせ、もういい、と喚きたくなる。

二本が三本になり、楽々抜き差しできるようになっても、慶雅はまだ弄っていた。じっと堪えていた涼鸞も、我慢できなくなった。

「いい加減に……」

言いかけたとき、慶雅が指を引き抜いた。広がった空洞が喰い締めるものを求めて蠢動している。慶雅が熱い昂りを押し当てた。しかし、入ってくるかと思った昂りはそのままで、慶雅は低い声で涼鸞に問う。

「涼鸞、そなた、いいのか」

「何が……」

「私がそなたを抱いても……」

今さら何を言い出すのか。欲しいと言い、入りたいと言ったのは、慶雅だ。それを許したから、恥ずかしくてどうにかなりそうな今の状態を、なんとか我慢しているのに。だが、続く慶雅の言葉に、涼鸞は胸を打たれた。

「そなたは男だ。抱くという行為で、そなたの矜持を傷つけることは、二度としたくない。だから最後にもう一度だけ聞く。抱いてもそなたは傷つかないか？」

心からの言葉だとわかる。いやだと言えば、ここまで来ていても慶雅は引くのだろう。

涼鸞は腕を伸ばし、慶雅を抱き締めた。耳に直接返事を囁く。

「欲しいと思っているのは、あなただけではない」

「……涼鸞。愛している」

感極まったように、慶雅が強く涼鸞を抱き寄せた。ゆっくりと昂りが入ってくる。解されていても、引き攣るような痛みがあった。しかし、加減しながら奥を目指す慶雅によって、間もなく痛みは消え、涼鸞の身体は歓喜の渦に巻き込まれていく。

隘路の途中に感じて堪らないところがあった。心得ている慶雅は、慎重にそのあたりで小刻みに腰を動かし、涼鸞を呻かせた。

「んっ、あ……っ、やあ。そこは、だめ…だ」

「もう、だめという言葉は聞かない」

かまわず抉って涼鸞に声を上げさせながら、ようやく最奥に行き着いた。一度腰を止め、呼吸を整えた慶雅は、今度は腰を回しながら後退していく。出し入れを繰り返して、涼鸞の中が馴染むのを待ってから、力強い抽挿に変えていった。

「ああ、……ああ、…んっ」

声が止められなかった。腰の奥が炙られたように疼《うず》き、疼くところを慶雅に慰撫《いぶ》される。触れられるところすべて感じるというのに、慶雅はさらに涼鸞を高めようと、乳首を弄り、脇腹や臍《へそ》を刺激する。

触れられないまま、昂りは二人の腹の間で揉まれて、今にもいきそうなほど膨れ上がっていた。

一緒になって腰を動かしながら、高みへと駆け上っていく。慶雅もこれ以上待たせるつもりはないようだ。抽挿が激しくなった。

「いく……っ」

ひときわ強い突きが奥を抉ったとき、堪らずに法悦のときを迎えた。その瞬間、脳裏が真っ白になり、呼吸が止まる。

「……っ」

慶雅が低く呻いて、涼鸞の中で達した。夥しい量の白濁が広がっていく。

達したまま忘我を彷徨っていた意識が、ようやく戻ってきた。胸の鼓動はまだ激しく、呼吸も苦しい。

涼鸞はしがみついていた手を動かして、慶雅の背を撫でた。逞しい身体だ。汗に濡れていて、抱き締めたつもりでも手が滑る。脇腹に落ちた手を背に戻しながらくすりと笑うと、慶雅も仄かに笑みを返した。

抱き合ったまま、互いに息が整うのを待つ。やがて慶雅が腰を引き、涼鸞は再び掻き立てられそうな熾火を、眉を寄せて堪えた。

傍らに横たわった慶雅を、涼鸞はからかうように見た。

「一度だけで、いいのか?」

「そなたを抱いて、満足することなどない。抱いても抱いても、欲しくなる。だが、この先もずっと一緒にいられるのに、今無理をさせる必要はないと思ったのだ。忘れたかもしれないが、今日は桔丹との決戦があった日だぞ」

涼鸞に合わせて、軽い口調で返された言葉に、表情が曇る。忘れようとしていた現実を突きつけられた気がしたのだ。

この顔を、この笑みを、そしてこの身体を、あとどれくらい身近に見ていられるのだろうか。

口づけをしようと顔を近づけていた慶雅が、涼鸞の苦悶に気づいた。

「どうした？　ここに皺が寄っている」

指先で、眉間をつつかれた。

「あなたの愛情を疑うわけではないが……」

言いかけると、素早く慶雅が口を挟んできた。

「一生、そなたを愛し抜くと誓う」

言いながら、唇の端に口づけを落とす。涼鸞は儚《はかな》く微笑んだ。

その気持ちを嘘だとは思わない。慶雅は言葉通り、いつまでも自分を愛してくれるのだろう。たとえ、遥か彼方に互いの肉体は離れていても。二度と会うことが叶わなくても。

「間もなく別れが来ると、あなたも知っているはずだ。それなのに、ずっと一緒にと言われたら、信じてしまいたくなる」

涼鸞は怨じる眸で慶雅を見上げた。

「別れが来る？　どうしてだ？　そなたがここにいたいと願い、私がいてくれと願えば、いられるではないか」

わからないと慶雅が首を傾げる。

「あなたは、俺が呈鶻の王子であることを忘れたのか」

「いや、もちろん、忘れてなどいない。輝く金の髪に、色鮮やかな蒼い瞳を見れば、そなたが異国の人間であることは……。まさか、帰国する気か！」

思ってもいなかったという顔の慶雅に、詰め寄られた。

「だめだ。そなたは私の側にいなくてはならない、帰国など許さない」

「許さないと言われても、俺は使命を帯びてこの国にやってきた。目的を果たしたら、帰国するのは当然のことだ」

「涼鸞……」

呻くように言って、慶雅は涼鸞の胸に顔を伏せた。きつく抱き締める。

「俺も、望んで離れるのではない。しかし、役目というものがある。間もなく羅緊が、父王からの書簡を持参して戻ってくるだろう。それによって俺が全権大使となり、盟約に署名することになる。その盟約を奉じて帰国し、報告するまでが俺の役目だ」

涼鸞はわかってくれと訴えるために、慶雅の顔を上げさせようとした。けれど頑なに拒まれる。

「慶雅、俺だってあなたの側にいたい。使者としての役目さえなければ、と思う。だが、無責任に放り出すことはできない」

慶雅の肩が震えていた。悲しみを堪えているのだろうか。宥めようと伸ばした手は、いきなり慶雅が身体を起こしたために、宙に浮いた。慶雅は悲しみを堪えていたのではない。笑いを堪えていたのだ。

涼鸞は、宙で浮いた拳を握り締めた。目聡くそれに気がついた慶雅は、その手を取って何度も口づけ、開かせてしまう。

慶雅は上目遣いに涼鸞を見、そろりと身体を引き寄せた。腕の中に囲い込んでから、

「理路整然としたそなたの言葉を聞いて、うっかり納得しそうになったではないか。大丈夫だ。私たちは別れる必要はない。ちゃんと手は打ってある」

と自信ありげに告げた。

「え？」

「一度は報告のために帰る必要はあるだろう。私もそなたが使者の役目を果たすのを邪魔するつもりはない。だが、そのあと、そなたは華王朝に帰ってくることになるのだ。なぜなら、盟約の証として交換される人質に、私がそなたを望んだからだ。羅緊とやらに持たせた条件の中にちゃんと入れてある。呈鶻の王は、それを拒まないだろう」

涼鸞はまじまじと慶雅を見つめた。まだ頭が混乱している。言われたことが呑み込めない。

羅緊が旅立つときに持参していった書簡に、すでに俺のことを書いた、だと？

頭痛がしてきた。

つまりそのときからもう慶雅は、自分を手放す気はなかったことになる。

「俺が、あなたに心を寄せなかったら、どうする気だったのだ」

額を押さえながら呟くと、ほぼ予想していた答えが返ってきた。

「まず、人質として受け入れて、私の側に常時いるように計らってから、口説《くど》くつもりだった」

これを深謀遠慮《しんぼうえんりょ》、と言っていいのだろうか。

複雑な思いで慶雅を見上げていると、

「涼鸞？　どうしてそんな顔をする。怒っているのか」

自信満々だった慶雅が、慌てたように口走った。

「怒ってはいない。呆れただけだ」

「呆れたって、どうしてだ。私はそなたとともに生きていきたいと思ったから、いろいろ考えて……」

ぶつぶつ言っている慶雅を見ているうちに、涼鸞はおかしくなってきた。この先も一人で一緒にいられるのなら、あとのことは些細なことだ。自分が知らないところで、彼が何かを画策していたとしても。

半身を起こし、振り向いて慶雅を誘う。

「湯殿に行くが、あなたは行かないのか？」

「行く」

即答だった。

涼鸞は笑いながら、慶雅に手を差し伸べた。

あとがき

こんにちは、または初めまして。中華風のお話、第三弾です。ここまで書かせていただいて、とても幸せな気分でいます。実は他社さんでも中華ものを書いていまして、この本が出たあとに、そちらも出る予定になっています。中華ものが合計五冊。これも、読んでくださった皆様のおかげですね。本当にありがとうございます。

さて、なんちゃって正史風の本編ですが、いよいよ聖帝が攻めに回りました。書いてみると、これがなかなか楽しくて。王朝のトップですから、やりたい放題ですよ。止める人はいても、嫌なら、「嫌」と言えば終わりです（笑）。さぞ気持ちいいだろうな、と書いていて思ってしまいました。

最初プロットを立てるとき、慶雅《けいが》の性格をどうしましょうかと担当様と打ち合わせをしたのですね。今度は攻め様ですから、かっこいいのは当然だけど、あとはどういうふうになどと話しているとき、一番上にいる人だから、性格だけなら猊下《げいか》みたいな方かなあと橘《たちばな》が言ったことで、こんな、トンデモ聖帝が生まれました（笑）。

灼熱《しゃくねつ》シリーズに登場した猊下は、独特の存在感があるキャラでしたが、確かに聖帝でしたら、それくらい俺様でも大丈夫（猊下は俺様→女王様でしたが……笑）。

ところが、書き始めてみると、その性格ではせっかく立てたプロットがうまくいかないことがわかりました。本文四十ページあたりでピタッと止まり、頭を抱え込みましたよ。慶雅のような性格で、わけもなく相手に無理強いするだろうか、と疑問を感じたわけです。そもそも聖帝は正義の人なんですよ。しかも慶雅、飄々《ひょうひょう》とした性格にしちゃったもんですから、同盟を結ぶのにおまえの身体を寄こせ、なんて絶対言わない（橘ビジョン）。

しかしここで涼鸞《りょうらん》を押し倒してもらわないと、お話が進みません。だめじゃんと、泣きが入り、さんざん悩んだあげくにふと思いついたのが、叡清《えいせい》を搦めることでした。あ、繋がる、と思った途端、残りの部分もすらすら進むようになって、ようやく長いトンネルを抜けました（遠い目）。脇から見ればどうってことない些細なことでも、摑まるともう駄目で、作家というのはなかなか繊細な生き物だと（どこが、なんて突っ込まないでくださいね……笑）つくづく感じました。

さて、その慶雅の相手役は、異国の王子にしましょうと担当様と決めていました。なんだか面白そう、という単純な理由ですが（笑）。

ただ選択肢がふたつあって、慶雅を敵と狙い、身分を偽って近づく王子にするか、盟約を求めて乗り込んでくる堂々とした王子にするか。これまで受け様だった聖帝たちが可憐で可愛いタイプでしたので（明漣《めいれん》は、やんちゃでしたが……笑）、堂々としたほうがいいのかなあと、タイプとしてはこちらになったのですが。さてストーリーとしては、敵同士の方が波瀾万丈《はらんばんじょう》だよね、などと試行錯誤。

結局こんなお話になりましたが、どうでしょう、面白かったと言っていただければ、こんなに嬉しいことはないのですが。

そして、いつものように、ネーミングでは苦労しました。慶雅と涼鸞はプロット通り、こちらはすんなり決まったのですが、問題は国の名前でした。当初イメージしやすいからと回鶻と韃靼を使っていましたが、もちろん実在のこの国名を使うわけにはいきません。橘が、お願いします、と最初からギブアップだったものですから、担当様がとても苦労されていました（す、すみません）。

回鶻の方は、呈鶻、淘采、斫惧、堆経、恬繰口、汪幡、そして韃靼の方は、哺崙、伽伝、惇靼、鞍桔丹、桔丹（なんと読むか、わかります？　……笑）。や、なんかこうして並べただけで、自分でも漢字の多さに目眩がしました。担当様のご苦労が忍ばれます。

さらにタイトル。これもすべて担当様作です。橘はいったい何をしていたのだ、とお叱りを受けそうな（びくびく）。覇王、青風に惑う。万雷の空、舞う霊鳥。中原の覇者、胡天の玲麒。他にもたくさんいただきました。本当に頭が下がります。

ステキ国名、ステキタイトルは、こうして出来上がりました。やった！（橘、何もしていません……とほほ）。

ロマンス中心のはずが、ちょこっと横道に逸れた気もしますが（笑）、色っぽいシーンも、無理やりシーンも（！）、もちろんらぶらぶシーンもちゃんと入って、慶雅も涼鸞もかっこよく仕上がりました。二人の活躍を楽しんでいただければ、幸いです。

担当様。今回も、本当にお世話をかけました。次々に上がってくるタイトルや国名。まさに、伏してお礼を、の心境です。ありがとうございました。

イラストを描いてくださった、汞《みずかね》りょう先生。このたびはかっこいい二人をありがとうございました。慶雅もステキでしたが、特に涼鸞の凜々《りり》しさにやられました。ずっと側に置いて愛でていたいです。こんな美青年に傅《かしず》かれたら天国でしょうね（うっとり）。

読んでくださった読者の皆様、楽しんでいただけたでしょうか。前回の声援が今回のお話に結びつきました。本当に嬉しく、感謝しています。

そして次回、中華ものはちょっとお休みして、灼熱シリーズの彼らが帰ってきます。一応、全員登場の機会があるように（私の出番がないと文句を言うひとがいそうなので……笑）、頑張って書いています。ぜひ、手に取ってみてくださいね。

それではまた。どこかでお逢いできますように。

橘かおる

おまけのページ

橘かおる先生のお気に入り♥

橘かおる先生コメント：
このラフ画を拝見したとき、練習、とメモ書きがあるのを見て手が震えたものです。
これが練習だなんて、冗談じゃない！　というわけで、今回も無理をお願いしました。
武人姿の涼鸞と、白光です。素敵すぎですね。

中原《ちゅうげん》の覇者《はしゃ》、胡天《こてん》の玲《れい》麒《き》

プラチナ文庫をお買いあげいただき、ありがとうございます。
この作品を読んでのご意見・ご感想をお待ちしております。

★ファンレターの宛先★

〒102-0072　東京都千代田区飯田橋3-3-1
プランタン出版　プラチナ文庫編集部気付
橘かおる先生係 / 汞りょう先生係

各作品のご感想をWEBサイトにて募集しております。
プランタン出版WEBサイト http://www.printemps.jp

著者――**橘かおる**(たちばな かおる)
挿絵――**汞りょう**(みずかね りょう)
発行――**プランタン出版**
発売――**フランス書院**
〒102-0072　東京都千代田区飯田橋3-3-1
電話(営業)03-5226-5744
　　(編集)03-5226-5742

印刷――誠宏印刷
製本――小泉製本

ISBN978-4-8296-2412-8 C0193